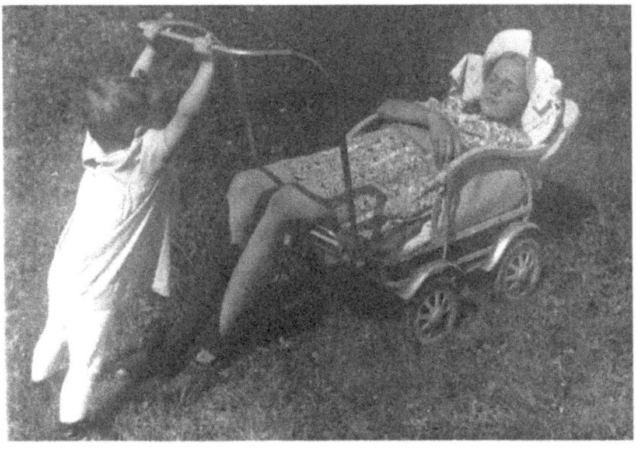

JAROMIR KONECNY

DU WÄCHST FÜR DEN GALGEN

Zum Buch

In Jaromir Konecnys Kindheit prallten Welten aufeinander. Auf der einen Seite war die streng katholische Mutter, die Geschichten liebte, seien es die der Frauen aus der Nachbarschaft oder die in Kriminalromanen. Auf der anderen Seite der kommunistische Vater, ein Prolet, der meinte, seine Kinder noch mit Prügeln erziehen zu können. Die Gefechte am Küchentisch gewann meist doch die Mutter mit ihrer Cleverness.
In unterhaltsamen Kurzgeschichten erinnert Konencny sich an Himbeerlimonade und Pfefferminzlikör, an die im Sozialismus so kostbaren Orangen, an Zigarettenasche im Bohneneintopf und an geköpfte Hühner, an so manche Derbheit im Wirtshaus oder in der Nachbarschaft, an den Tanzkurs oder die Abiturfeier.

Der Autor

Jaromir Konecny wurde 1956 in Prag geboren und wuchs in Nordmähren auf. 1982 emigrierte er in die Bundesrepublik Deutschland. Nach einigen Jobs, u. a. als Küchenhilfe und Bauhelfer, studierte und promovierte er an der TU München und forschte im Bereich Bioinformatik.
Jaromir Konecny ist ein Pionier des deutsch- und tschechischsprachigen Poetry Slams. Er ist Autor zahlreicher Bücher, sein Buch „Doktorspiele" wurde verfilmt. Außerdem ist er Dozent für Künstliche Intelligenz und hält Vorträge. Konecny lebt in München.

2. Auflage 2023, 1. Auflage 2019

94234 Viechtach Bahnhofsplatz 2a
www.lichtung-verlag.de

Autorenfoto Umschlag: Kubinska & Hofmann
Fotos Umschlag und innen: Archiv Jaromir Konecny
Herstellung: CPI buchbücher.de GmbH
ISBN 978-3-941306-92-9

Jaromir Konecny

DU WÄCHST FÜR DEN GALGEN

Ein Roman in Geschichten

edition lichtung

Große Träume

In meiner ersten Erinnerung bin ich vier Jahre alt: Vor Kurzem musste ich das hunderttürmige Prag, meine Geburtsstadt, für das tausendhündige Schamberg tauschen, ein Städtchen in Nordmähren. Aus jedem Hof bellte ein Hund meine Mutter und mich an, als wir in das Geschäft für Baumaterialien gingen, wo Mutter damals arbeitete.
„Warum arbeitest du jetzt, Mama?"
„Damit du mit deiner Oma spielen kannst", sagte sie.
„WAUWAU!" Manche Hunde kamen mir größer als die Zäune vor, hinter denen sie hin und her liefen: geifernd und bellend.
„Wenn du nicht brav bist, springt der Wolf über den Zaun und verschlingt dich wie eine Himbeere", würde meine Oma in meiner zweiten Erinnerung sagen.
In meiner ersten Erinnerung musste ich zum Glück keine Himbeere spielen: An diesem Tag hatte meine Oma sich von mir frei genommen. Ich stand im Hof des Baumaterialien-Geschäfts, um mich herum spießten Berge aus Ziegeln, Kacheln und Betonplatten die Wolken auf. Überall beluden Lastwagenfahrer ihre Laster. Feiner weißer Staubnebel hüllte uns ein.
Erst in der Zigarettenpause legte sich der Staub etwas. Im Sozialismus fand die Zigarettenpause jede halbe Stunde statt und dauerte genau eine halbe Stunde, sodass du nach der Schicht nicht wusstest, ob du in der Arbeit warst oder in der Pause.
Ein Riese von einem Mann warf mich hoch. Sein Bizeps aufgepumpt wie die Reifen seines Lasters. Gleich würde ich noch Jahre vor Neil Armstrong auf dem Mond landen – doch ich landete nur auf der Schulter des Riesen. Sein Stoppelbart kratzte an meinen Oberschenkeln. Schon damals wusste ich,

wie Frauen sich fühlen, wenn ihnen ein Mannsgesicht zwischen die Schenkel gerät.
„Was möchtest du sein, wenn du groß bist?", fragte mich ein Kumpel des Riesen. Sicher erwarteten alle Lastwagenfahrer um uns herum, ich würde „Lastwagenfahrer" antworten.
Ich guckte zu meiner Mama. Sie lächelte mich an, unter den Blicken der verschwitzten Supermänner in ihren ärmellosen Tank-Tops strammstehend, als hätte in diesem Stahlbad aus Blicken nur eine stramme Superfrau schwimmen können.
„Na, Jarek!", sagte sie. „Sag Karel, was du sein möchtest."
Sicher wollte meine Mutter von mir „Astronaut" oder „Präsident" oder zumindest „Einstein" hören.
Doch ich sagte: „Rentner!" Schon damals fand ich Arbeit zum Kotzen.

Zum Glück las meine Mutter viel. Vor allem Krimis, weil sie sich nur mit Mord und Totschlag beschäftigten und nicht mit solch unmenschlichen Sachen wie Arbeit. Oft hat meine Mutter mich in die Stadtbücherei geschleppt. Während sie dort mit der schönen Bibliothekarin Kaffee trank und über Verbrechen palaverte, spielte ich auf dem Boden mit Büchern. Glück ist, beim Spielen mit Büchern lesen zu lernen.
Seit ich lesen konnte, wollte ich kein Rentner mehr sein, ich wollte Schriftsteller werden. Ich verschlang ein Buch nach dem anderen und träumte davon, über meine Abenteuer zu schreiben: Wie ich im alten Ägypten Kleopatra aus den Fängen von Schurken rettete, am Amazonas Schmetterlinge jagte, mit Überlichtgeschwindigkeit durch die Weiten des Kosmos flog.
„Das ist Blödsinn, Konecny!", tadelte mich der Physiklehrer viel später – in der achten Klasse. „Man kann nicht schneller als Licht fliegen!"
„Ist der Raum nach Einstein gekrümmt oder nicht?", fragte ich.
„Schon, aber, ..."
„Dann stellen Sie sich den Raum wie einen Pfeilbogen vor!", sagte ich dem Lehrer. „Wir starten an einem Bogenende,

okay? Sie fliegen mit der Lichtgeschwindigkeit entlang des Bogens und ich entlang der Sehne. Wer ist dann schneller am anderen Ende? Aha! Keine Ahnung von Physik, was?" Er hat mir einen Fünfer gegeben.
Wegen meines Lesewahns wusste ich jeden Blödsinn. Meine Mutter führte mich gern Besuchern unseres Hauses vor: „Jarek, sage, wie viel ein Elefantenbaby wiegt!"
„Bis zu hundert Kilo", sagte ich, und alle bewunderten mich, weil ich Sachen wusste, von denen nicht einmal „das Lexikon" je etwas gehört hatte – der klügste Lehrer unserer Schule. Meine Mutter wollte mich zu einem großen Naturwissenschaftler meißeln – in den Stein hauen für die Ewigkeit. Oft schimpfte sie mit mir, wenn mich gerade andere Sachen als Chemie und Physik interessierten, wie Fußball oder Zaubertricks oder das Jonglieren: „Du weißt von allem ein bissl, aber zusammen nix!", plärrte sie.
„Ich möchte Schriftsteller werden, Mama!", sagte ich.
Doch meine Mutter lachte nur: „Als Schriftsteller verdienst du kein Geld!"

Mit zwölf bekam ich von ihr zu Weihnachten einen Chemiebaukasten. Beim Experimentieren verursachte ich auf unserem Dachboden eine kleine Explosion, setzte unser Haus in Brand und musste mir von meiner Mutter einen ihrer geflügelten Sprüche anhören: „Du wächst für den Galgen!"
Doch kurz darauf war sie wieder die Frau, die gemäß ihrem Leitspruch lebte: „Jede noch so traurige Geschichte hat eine lustige Seite. Du musst sie nur finden."
Damals fand sie zumindest eine gute Sache am verbrannten Dachboden: „Siehst du?", sagte sie zu meinem Vater nach den Löscharbeiten. „Jarek wird ein genialer Chemiker, und damit basta." Doch mein Vater wollte mir wegen meines Forscherdrangs nur den Hintern versohlen.
Um meine Mutter zu überzeugen, dass ich ein noch besserer Schriftsteller als Chemiker war, schrieb ich mit zwölf einen

Krimi für sie. Leider ist mir der Krimi so unanständig geraten, dass ich dafür von meiner Mutter zwei Wochen Hausarrest bekam. So war's in der sozialistischen Diktatur nun mal. Schriftsteller wurden dort schon mit zwölf verfolgt.

Meine Mutter ist schon lange tot. Was würde sie aber sagen, wenn sie erfahren könnte, dass ich am Ende doch ein Schriftsteller geworden bin? Obwohl ich sogar Chemiker gewesen war, wie sie das gewünscht hatte.
Ich glaube nicht an Gott. Doch wenn es Gott und seinen Himmel gäbe, würde meine Mutter sicher jetzt auf einer Wolke stehen und runterbrüllen: „Habe ich dir nicht gesagt, dass ein Schriftsteller kein Geld verdient, du Idiot? Warum bist du nicht Chemiker geblieben?"
„Weil mir das Kochen von Geschichten viel mehr Spaß macht als das von Substanzen, Mama!", würde ich nach oben rufen. Und dann würde ich anfangen, Geschichten über meine Mutter aufzuschreiben. Denn wenn eine Geschichte einmal aufgeschrieben wird, lebt sie für immer.

Meine Oma will nicht mehr mit mir spielen

„Oma, steh auf!" Ich hielt die Hand von Oma Františka, der Mutter meines Vaters, und versuchte, sie vom Bett zu zerren. „Steh auf, Oma! Wir spielen!" Doch Oma bewegte sich nicht. Mit vier war ich zu schwach, sie vom Bett herunterzubekommen.

Geschlafen hat Oma nicht – ihre Augen waren auf. Nur gelächelt hat sie komisch. Lächelte sie überhaupt? Ich kletterte zu ihr aufs Bett. „Oma! Spielen!"

Meine Mutter kam ins Zimmer gelaufen: „Komm, Jarek! Oma braucht Ruhe!"

„Oma muss mit mir spielen!"

„Oma will sich verabschieden!", sagte meine Mutter. „Wenn jemand weggehen will, darfst du ihn nie daran hindern."

Sie kniete sich hin und packte meine Hände: „Verstanden, Jarek? Du darfst niemals jemanden festhalten, der weggehen will."

„Wo ist Oma dann, wenn sie weggeht?", fragte ich.

Meine Mutter lächelte. Doch etwas anders als sonst: nicht lustig. „Hier", sagte sie und klopfte mir auf die Stirn. „Dort bleibt deine Oma für immer. Wenn du Oma magst!"

„Klar mag ich meine Oma", rief ich, lief nach draußen und spielte im Hof mit Hühnern.

Erst viel später las ich in *Tao Te King:* „Wer die Welt behandeln will, verdirbt sie, wer sie festhalten will, verliert sie."

Wie man zu einem Witz wird

Noch jetzt erinnere ich mich daran, wie meine Mutter mich zum ersten Mal ins Schwimmbad mitnahm. Mit etwa vier. Ich habe mich sehr gewundert, weil ich sie vorher noch nie im Bikini gesehen hatte. Dann wunderte ich mich übers Schwimmbad: Überall Leute und das nahezu nackt. Bei uns zu Hause bin nur ich nackt herumgelaufen. Meine jüngste Schwester war vier Jahre älter als ich, sie ließ sich im Haus nur angezogen blicken.

Das Schwimmbad war eine sehr exotische Sache für mich. Alle Menschen auf einem Haufen im Becken.

„Geh ins Wasser, Jarek!", sagte meine Mutter. „Dorthin, ins kleine Becken!" So ging ich ins Wasser, war aber kurz darauf wieder zurück.

„Macht's dir keinen Spaß im Wasser?", fragte meine Mutter.

„Doch!", sagte ich.

„Warum bist du dann schon wieder draußen?"

„Ich hab keinen Durscht mehr, Mama!"

Ein Jahr später ging ich mit meiner Mutter in ein Kleidergeschäft in Schamberg. „Ist das der Junge, der das ganze Wasser im Schwimmbad ausgetrunken hat?", rief eine Verkäuferin. Sie selbst hätte nicht in das kleine Becken im Schwimmbad gepasst, so viel Volumen hatte sie. Nur Bibliothekarinnen waren im Sozialismus noch dicker als Verkäuferinnen. Der Sozialismus war sehr frauenfreundlich: 40 Prozent der Frauen in der DDR waren übergewichtig.

Zwölf Jahre später, als ich 16 war, erzählte man mir in einer mährischen Kneipe den Witz über einen kleinen Jungen, seine Mutter und das Schwimmbad:
„Warum gehst du schon aus dem Wasser, Schatzi?"
„Ich habe keinen Durscht mehr, Mama!"
Meine Mutter hatte eine größere Reichweite als das sozialistische Fernsehen.

Forschungsreisende von der Hundebude

„Ich bin in Prag geboren“, sagte ich im Kindergarten mit etwa fünf meinem besten Kumpel Tonda.
„In Prag gibt’s die schönsten Weiber der Welt“, sagte Tonda. Er war fünfeinhalb und der größte Schürzenjäger im Kindergarten. Einigen Mädels hatte er schon das Herz gebrochen.
Am Nachmittag spielten wir im Hof von Tondas Oma mit Murmeln. Plötzlich schlich sich von hinten ein Gänserich an den hockenden Tonda heran und zwickte ihn kräftig in den Po.
„Autsch!“, kreischte Tonda. Er packte den Gänserich mit beiden Händen an seinem langen Hals, begann sich um die eigene Achse zu drehen wie ein Diskuswerfer im Fernsehen, und WUMM! Tonda warf den Gänserich über den Zaun.
Leider hat uns Tondas Oma aus dem Fenster ihres Hauses beobachtet. Zur Strafe kettete sie uns an die Hundebude. Zum Glück war ihr Hund schon tot.
Doch die Kinder, die aus der Schule heimgingen, waren viel brutaler: Sie blieben hinter dem Lattenzaun des Hofes stehen, zeigten auf uns und lachten uns aus.
Auch meine Schwester entdeckte uns an der Hundebude.
„Kannst du unsere Mama rufen?“, bettelte ich.
Doch sie lachte nur: „Wenn du an der Hundebude angekettet bist, kannst du nichts anstellen“, rief sie. Ich musste etwas ganz Unanständiges sagen, damit meine Schwester heimlief und unserer Mutter petzte.
Doch als meine Mutter auftauchte und mich und Tonda an der Hundebude angekettet sah, bekam sie einen Lachanfall und gackerte lauter als der Gänserich. Statt uns zu befreien, trank sie mit Tondas Oma in ihrer Küche einen Kaffee und

ließ uns draußen an der Hundebude bellen. Das würde ich meiner Mutter nie verzeihen. Auch Tonda war sauer.

„Wir hauen nach Prag ab“, sagte ich ihm am nächsten Tag auf dem Heimweg vom Kindergarten.

„Klar!“, sagte Tonda. „Wenn die Erwachsenen so ungerecht sind, sollen die hier weinen. Und wir werden uns im Hotel Jalta in Prag mit schönen Damen amüsieren.“ Leider wussten wir damals nicht, dass es nach Prag 300 Kilometer waren.

Damit wir unterwegs Gesellschaft hatten, tauschte ich mit einem anderen Kumpel mein neues Dreirad gegen seinen Hund aus. So gestärkt brachen Tonda, ich und der Hund nach Prag auf.

Erst zwei Dörfer weiter fand uns Tondas Vater. Auf der Suche nach uns war er mit seinem Auto in der Umgebung hin und her gefahren.

„Ich wollte ihn erst mit dem Gürtel zu züchtigen anfangen, wenn er acht ist“, sagte mein Vater, ein alter Kommunist, nachdem mich Tondas Vater nach Hause gebracht hatte. „So wie es die sozialistische Pädagogik empfiehlt. Ich glaube aber, ich fange schon jetzt damit an.“

„Du willst ihn doch nicht für seine Neugier verprügeln?“, sagte meine Mutter. Zur Strafe las sie mir vor dem Einschlafen aus *Tom Sawyers Abenteuern* vor. Mit einem Lächeln im Gesicht schlief ich dabei ein.

Die beste Sodovka der Welt

Der Mann verzweifelt an der Frau, und die Frau am Mann. Im Laufe der Evolution hat die Frau gelernt, in bestimmten sozialen Situationen Sachen zu sagen und zu tun, die zu diesen Situationen auch passten. Um das Leben im Stamm aufrechtzuerhalten. Während der Mann mit einem Speer in der Hand durch die Wälder jagte. Mit Mammuts musst du nicht viel reden: Nur BUMM, BUMM, und die Sache hat sich.
So sozial trainiert erwartet die Frau auch vom Mann, dass er zumindest manchmal das Richtige tut oder sagt, zum Beispiel, „Deine Chefin ist ein Miststück!", wenn die Frau müde nach Hause kommt und sich über die blöde Chefin in der Arbeit beklagt, von der sie unentwegt gemobbt werde. Stattdessen sagt der Mann: „Geh joggen! Dann geht's dir besser."
Sie flippt aus und brüllt: „Kannst du nicht einmal einfach nur zuhören, verdammt? Statt ständig mit deinen bescheuerten Tipps zu kommen?"
Und so verzweifelt die Frau am Mann, weil sie nicht versteht, warum er sie nicht versteht, und der Mann verzweifelt an der Frau, weil er nicht in der Lage ist, zu erraten, was sie braucht. Männer können sich nun mal viel besser in Mammuts einfühlen als in Frauen.
Als ich etwa fünf war, nahm meine Mutter mich nach Prag mit. In meine Geburtsstadt. Sie wollte meine älteste Schwester besuchen, die in unserer Wohnung geblieben war, als wir aus Prag nach Nordmähren zogen.
Jetzt konnte ich mich an unser altes Viertel nicht mehr erinnern. Ein schönes Viertel: Unter dem Hügel am Anfang unserer Straße hing an einer Eckkneipe ein großes Schild

mit roter Himbeerlimonade drauf. Darunter stand: „Die beste der Welt!“
„Kannst du mir die beste Sodovka der Welt kaufen, Mama?“, fragte ich. Denn in Nordmähren hieß Limonade „Sodovka“.
„Gleich sind wir zu Hause!“, sagte meine Mutter. „Dort kannst du Wasser mit Himbeersirup trinken. Wir müssen sparen! Die Reise hat zu viel Geld gekostet.“
In der Wohnung wollte ich gleich auf den Balkon laufen und dort spielen. Im Balkonflur lag überall Leergut. Hunderte leere Flaschen.
„Boah!“, sagte ich zu meiner Schwester. „Was machst du mit den ganzen Flaschen?“
„Die kannst du zurückgeben und das Geld dafür behalten“, sagte meine Schwester.
Gleich am nächsten Morgen schleppte ich einen großen klirrenden Sack durch die Stadt. „Was hast du in dem Sack, dass er so klirrt, Junge?“
„Einen Schatz!“, rief ich, und die Erwachsenen auf der Straße lachten. Für jede Flasche musste ich den passenden Laden finden. Damals nahm man Flaschen in einem Laden nur entgegen, wenn man sie dort gekauft hatte.
„Kaufst du dir ein Auto, wenn du das alles abgibst?“, fragte mich eine alte Verkäuferin.
„Nein!“, sagte ich. „Etwas Besseres!“
Erst am Nachmittag konnte ich in der Kneipe unter unserer Straße auf die bierfeuchte Theke hoch über mir mein schwer verdientes Geld legen. „Sodovka!“, sagte ich glücklich zu dem beleibten Wirt.
Sein Bierbauch erlaubte ihm nicht mehr, sich in dem engen Raum hinter der Ausschanktheke zum Gast zu drehen, so zeigte er nur sein Profil.
„Wenn ich groß bin, möchte ich auch einen solchen Bauch haben wie Sie!“, sagte ich. Aus Nordmähren wusste ich, Männer in der Kneipe redeten miteinander.

Der Bierbauch-Wirt brummte nur etwas vor sich hin. Verstanden habe ich das nicht – auch seinen dicken Hals konnte er nicht drehen und sprach deswegen in eine andere Richtung als zu mir.
Mein Geld klimperte, als der Wirt es in seine Schublade warf. Mein ganzes schwer verdientes Geld! Der Wirt machte ein paar Schritte rückwärts, um den Zapfhahn zu erreichen, und schenkte mir den Zaubertrank ein.
Ich stellte mich auf die Fußspitzen und sah auf der nassen Theke mein Getränk an. Waaas? Sofort kamen mir die Tränen. Statt der himmlischen Himbeerlimonade hatte mir der Mann Sprudelwasser eingeschenkt – stinknormales Wasser mit Kohlensäure. Denn das war in Prag „Sodovka", die nur in Mähren Limonade bedeutete. Das erfuhr ich aber erst später.
„Na, rumheulen wirst du mir hier nicht!", sagte der dicke Mann. Ich war nun mal das Mammut, das er nicht verstehen konnte. Was jetzt? Mein Geld war weg!
Weinend lief ich in die Wohnung meiner Schwester. Ich machte die Küchentür auf und dort stand sie auf dem Küchentisch: eine Glasflasche mit einem Kronkorken und hübscher roter Himbeerlimonade darin.
„Trink!", sagte meine Mutter, machte die Flasche auf und reichte sie mir.

Das magische Auge

Hin und wieder wollten unsere Eltern allein feiern. Unsere Mutter tanzte in der Küche zwischen ihren Töpfen. Mein Vater sang uns an solchen Tagen eins der drei Lieder, die er kannte:

„Du schöne Zigeunerin, so zierlich und klein,
meine Liebe band nicht genug dein Herzelein …"

„Sollen die Kinder uns Bier und die Grüne holen?", fragte unsere Mutter unseren Vater. Schnaps ist im Tschechischen weiblich – kořalka –, weil der Mann davon einen Rausch bekommt. Deswegen heißt in Tschechien Pfefferminzlikör die Grüne und nicht der Grüne, und hat überhaupt nichts mit Umweltschutz zu tun. Eher mit einer gnadenlosen Zerstörung des körpereigenen Biotops. Die Grüne wird im Tschechischen auch „Fefrminzka" genannt, ist also ein Germanismus und bezeugt den deutschen Einfluss auf das Saufverhalten der Tschechen. Pilsner Urquell, das berühmteste tschechische Bier, wurde ja auch von einem bayerischen Braumeister gebraut.
Unsere Mutter drückte meiner Schwester und mir eine Blechkanne und eine leere Flasche in die Hand. Meine Schwester war damals etwa neun und ich fünf Jahre alt. Im Wirtshaus „Zur Erdachse" reichte mein Kopf nicht einmal an die Theke. Der Kopf meiner Schwester kam etwas darüber, zumindest ihre Augen. Hinter uns rasselte eine Schlange Kinder mit Blechkannen in den Händen. Für das Zeigen des Personalausweises beim Alkoholkauf waren wir zu jung.
Der Wirt zapfte unsere Bierkanne voll. Aus einer großen bauchigen Glasflasche auf der Theke ließ er die Grüne in unsere Flasche fließen.

„Wie schmeckt die Grüne wohl?“, fragte ich meine Schwester auf dem Heimweg.
„Die Grüne dürfen wir noch nicht trinken“, sagte sie. „Nur Bier!“ Ich stellte die Tasche mit dem Pfefferminzlikör auf den Boden. Zuerst trank meine Schwester: „Süffig!“, sagte sie und wischte sich den Bierschaum von der Oberlippe.
Ich machte es ihr nach und sagte auch „süffig!“, weil es sich beim Biertrinken so gehörte.
„Die Grüne habe ich noch nie probiert“, sagte meine Schwester nach ein paar Schritten. „Zeig mal!“ Sie nahm einen Schluck davon. „Das ist doch ein Kindergetränk! Voll süß!“
Ich trank auch: „Ja! Die Grüne schmeckt wie Pfefferminzbonbons! Nur süßer!“
Wir probierten noch einmal. „Besser als Pfefferminzbonbons!“, sagte meine Schwester.
„Süffiger!“, sagte ich. „Wenn man die Grüne ins Bier gießt, heißt es ‚Das magische Auge‘.“ Schon mit fünf war ich ein ausgewiesener Kenner der tschechischen Kneipensitten, da ich im Biergarten meiner Oma gern den Männergesprächen lauschte.
Wir bekamen arg Lust auszuprobieren, wie ‚Das magische Auge‘ schmeckte. Zum Glück hatten wir zu zweit auch zweimal mehr Willen und widerstanden der Versuchung. Unser Vater sollte heute feiern und uns nicht mit seinem Hosengürtel in der Hand durchs Haus jagen.
Leider konnte es uns auch wegen der Grünen passieren: Plötzlich war die Flasche nur noch halb voll. „Wir müssen die Flasche auffüllen!“, sagte meine Schwester.
„Wir können reinpieseln“, sagte ich. „Oma hat gesagt, dass das Pipi von einem Kind jede Wunde heilt.“
Meine Schwester widerstand meiner disruptiven Innovation. Statt zu pieseln, liefen wir zum Fluss und füllten die Flasche mit Flusswasser auf. Die Grüne schmeckte auch verdünnt sehr gut, sodass wir noch einmal auffüllen mussten. Nur immer blasser wurde sie.

Unsere Eltern warteten schon auf uns. Gleich schenkten sie sich zwei Schnapsgläser von der Grünen ein: Der Augenblick der Wahrheit! Würde jetzt die blasse Bombe platzen?
„So 'ne Gute habe ich noch nie getrunken!“, sagte mein Vater, schmatzte und eilte mit der Flasche und der Bierkanne ins Wohnzimmer.
Unsere Mutter gab uns einen sanften Klaps auf den Hintern: „Gute Nacht, ihr kleinen betrunkenen Straßenräuber!“ Sie lachte.
„Dürfen wir mitfeiern?“, fragte meine Schwester.
„Nein!“, sagte meine Mutter. „Heute müssen euer Vater und ich ganz allein feiern. Heute dürft ihr uns nicht einmal besuchen, klar?“ Sie lief unserem Vater hinterher.
Seitdem weiß ich, dass der männliche Geschlechtstrieb jeden Geschmack überlagert und die ganze Welt eines Mannes in eine Bierkanne passt. Eine Frau sieht mehr.

Pflückglück und Blumenblau

Meine Mutter bezog den Tisch im Wohnzimmer mit einem neuen Tischtuch: „Das habe ich zum Geburtstag bekommen", sagte sie. „Wunderschön, oder?" Verzückt fuhr sie mit der Hand über das mit blauen Blumen bedruckte Tischtuch, zart, als ob sie mich streicheln würde. Sie beugte sich vor, schon erwartete ich, sie würde an den Blumenbildern riechen. Doch sie rückte nur eine Tuchecke zurecht.

„Ab jetzt ist das Essen am Tisch im Wohnzimmer verboten", sagte meine Mutter. „Ich möchte nicht, dass du das schöne Tischtuch gleich kaputt machst."

„Ich bin brav", sagte ich.

Meine Mutter fuhr mit dem Zeigefinger meine Nase runter, um zu prüfen, ob ich die Wahrheit sagte. Plötzlich rutschte ihr Finger scharf nach links, als ob mein Nasenrücken ganz schief wäre. „Lügner!", sagte sie. Ich kicherte.

„Heute gehen wir in den Wald!", sagte sie. Sicher etwas pflücken. Im Sozialismus lief man nicht aus Gesundheitsgründen in den Wald, oder um sich an der Natur zu ergötzen, sondern um zu sammeln. Wie in den alten Zeiten der Sammler und Jäger. Einen Sport machten Männer aber exzessiv: Bierkrügeheben! Trotzdem sahen die meisten Erwachsenen wie gemästete Schweine aus. In der Tschechoslowakei, in der DDR. Weil man im Sozialismus keine protzigen Immobilien besitzen durfte, machte man den eigenen Körper zu einer Prachtburg. Mit Sahnetorten, Knödeln und Bier breit gebaut! Ein Körper – ein Monument! Damit wir in Zeiten der Dürre von den angebauten Reserven zehren und überleben konnten. „Der Kommunismus naht", versprach man uns ständig im Fernsehen und in den Zeitungen.

Als Kind liebte ich das Pflücken und Suchen nach guten Sachen im Wald und auf der Wiese: Die Wiesenchampignons mit ihren großen Köpfen! Wie blonde Partisanen haben sie die Wiese besetzt, hockten dort zwischen den Kuhfladen und warteten nur darauf, den Kopf zu verlieren. Champignons groß wie Fallschirme: ein Schnitzel pro Pfanne. Dazu Mutters Knoblauchjoghurt-Soße. Mehr Knoblauch als Joghurt.
Im Sozialismus hat man Knoblauch tonnenweise gegessen. Auch die ganz Feinen, die keinen Knoblauch mochten. Sie fraßen Knoblauch, damit sie die Knoblauchfahne der anderen nicht riechen mussten. Das ist immer noch so: Wenn Touristen nach Tschechien fahren, müssen sie gleich an der Grenze eine Knoblauchknolle essen, damit sie in Tschechien nicht auffallen.
Die tschechischen Männer glauben, dass von Knoblauch ihre Gurken wachsen. Der Tscheche ist ein Angehöriger eines kleinen Volkes und möchte zumindest eine große Gurke haben.
Wenn uns der Knoblauch ausging, pflückten wir im Wald Bärlauch. Der stank noch schlimmer. Heute sollten wir aber im Wald Blaubeeren pflücken. Bis wir den Plastikeimer voll-hatten, war ich vom Schlemmen blau bis hinter die Ohren. „Du bist mein kleiner Blaubär!“, sagte meine Mutter, als ich sie anlächelte.
Zurück zu Hause stellte sie den Eimer in der Küche ab: „Bitte, nicht alles essen! Ich backe am Abend einen Blaubeerkuchen für uns!“
Klar konnte ich mir aber ein paar Schüsselchen Blaubeeren genehmigen. Ich bestreute sie ordentlich mit Zucker, denn damals galt Zucker noch als gesund. Salz auch! Einer der bekanntesten tschechischen Märchenfilme aus den 50ern heißt „Salz über Gold“!
Erst als ich den großen blauen Heidelbeer-Fleck auf Mutters neuem Tischtuch entdeckte, erinnerte ich mich, dass sie mir verboten hatte, im Wohnzimmer zu essen. Upps! Ein paar Blaubeeren waren direkt auf dem Tisch gelandet. Aus Versehen

hatte ich sie mit meiner Schüssel zerdrückt. Mutters schönes Tischtuch, ihr Geburtstagsgeschenk, kaputt: Blaue Blumen von Blaubeeren zugebombt. Was jetzt?
Zum Glück war ich schon mit sechs ein Genie: Ich zerdrückte die restlichen Blaubeeren in meiner Schüssel und übermalte damit den Blaubeerfleck zu einer blauen Blüte. Sie sah genauso aus wie die blauen Blumen, mit denen das Tischtuch bedruckt war. Super! Das würde meine Mama nie entdecken. Zumal sie in der letzten Zeit eine Lesebrille trug.
Als meine Mutter aber das blaubemalte Tischtuch sah, malte sie mit einem Holzlöffel meinen Hintern blau und brüllte dabei: „Du wächst für den Galgen!"
Seitdem weiß ich: Vor dem Auge einer Frau kannst du in einem Haus nichts verstecken. Sie sieht alles besser als du. Dafür habe der Mann einen besseren Blick für alles draußen, behaupten Evolutionspsychologen: Das Mammut im Gelände entdeckt ein Mann sofort.

Idioten im Schwimmbad

An meinem achten Geburtstag nahm mich mein Cousin ins Schwimmbad mit. Seine Kinder waren in meinem Alter. Nach dem Baden packte ich meine Sachen.
„Wo willst du hin?“, fragte mich mein Cousin.
„In die Umkleidekabine.“
„Du kannst dich hier umziehen“, sagte mein Cousin. „Du bist doch noch ein Kind!“
„Ich will in die Umkleidekabine!“
„Du ziehst dich hier um, und damit basta!“
Nicht einmal ein Handtuch um die Hüfte zu binden erlaubte er mir. Das hätte sowieso nichts gebracht. Die Handtücher im Sozialismus waren echte Handtücher – so klein, dass du damit nur die Hände abtrocknen konntest. Beim Umziehen habe ich geheult, nie mehr im Leben habe ich mich so geschämt wie damals. Ich dachte, das ganze Städtchen glotzte sich die Augen aus den Augenhöhlen, während ich mich umzog.
Damals wusste ich noch nicht: Jeder Mensch ist so viel mit sich selbst beschäftigt, dass ihm nur wenig Zeit bleibt, sich mit den anderen zu beschäftigen.
„Morgen gehst du wieder mit deinem Cousin und den Kindern ins Schwimmbad, Jarek“, sagte meine Mutter am Wochenende.
„Mit dem gehe ich nie wieder ins Schwimmbad!“, sagte ich. „Mein Cousin ist ein Vollidiot!“
„Dein Cousin ist ein Idiot, wir haben aber keinen anderen“, sagte mein Vater.

„Jarek hat recht“, sagte meine Mutter. „Man sollte nicht mit Leuten verkehren, nur weil man keine anderen hat. Ich würde auch nicht mit einem Idioten ins Schwimmbad gehen wollen.“
Dabei sah sie meinen Vater sehr bedeutungsvoll an, und ich musste plötzlich überlegen, warum meine Mutter und mein Vater nie zusammen ins Schwimmbad gingen.
Damals mit acht war die Welt voller Geheimnisse.

Sex im Sozialismus

Bevor Oma von den Kommunisten enteignet wurde, hatte sie in meinem Heimatstädtchen Schamberg einen Biergarten besessen. Gern habe ich den Männern beim Kegeln im Garten zugeschaut und zugehört. Sie tranken Bier, rauchten und sprachen derb – manche der Männer verwendeten Vulgarismen als eine Art gesprochene Interpunktion: „Hure" als Komma, „Fotze" als Punkt, und mit „Ochse" leiteten sie einen neuen Absatz ein.

Auch Erotisches gab's in der Kneipe ständig zu hören und zu Hause gab's Ohrfeigen dafür. Für jedes poetische Wort, das ich aus Omas altem Biergarten heimbrachte, wurde ich zu Hause gezüchtigt. Meine Mutter mochte keine „Gemeinheiten", wie sie solche Ausdrücke und Sexwitze nannte.

Sex musste ein ganz schlimmes Verbrechen sein, dachte ich damals, wenn schon jede winzige Erwähnung davon solche brutalen Konsequenzen nach sich zog.

Zum Glück interessierten mich noch andere Sachen als Kneipengespräche der Männer. Schon in den 60ern gab es im tschechoslowakischen Fernsehen einen Roboter-Komiker: Roboter Emil wurde zwar von einem Schauspieler gespielt, aber immerhin. Ich war von Robotern begeistert.

„In der Zukunft wird die Robotik eine große Rolle spielen", sagte ich meiner Schwester am Küchentisch. Und WUMM! Meine Mutter klebte mir eine, dass ich fast vom Stuhl runterflog.

„Wofür, Mama?", kreischte ich.

„Ich verpasse dir gleich noch eine!", brüllte meine Mutter. „Was denkst du dir dabei, deine Schwester mit solchen Sachen zu verderben. Dass Erotik die Welt beherrschen werde."

„Robotik“, rief ich. „Ich habe Robotik gesagt, nicht Erotik. Du musst dich bei mir für die Ohrfeige entschuldigen.“
„Keine Bange!“, rief meine Mutter und klebte mir noch eine. „Du wirst dir die Ohrfeigen bald verdienen.“
Am Abend gab es aber Erdbeerkuchen. Meine Lieblingsspeise. Worte und Schläge. Und hin und wieder Erdbeerkuchen. Eine gute Schule, um Schriftsteller zu werden.

Mutters Ramsch

Einmal im Monat kam unsere ganze Familie bei der Mutter meiner Mutter zusammen, bei meiner Oma, bei der ich die Tage verbrachte, wenn meine Mutter in der Arbeit war.
Bei unseren Familien-Zusammenkünften freuten wir Kinder uns auf Geschenke. Mutters Brüder waren am spendabelsten, da auch die Reichsten der Familie: Wenn ein Onkel seinen Geldbeutel aus der Hosentasche zog, wurden wir Kinder durch die Gewichtigkeit der Geste still. Von dem dicken Geldbeutel war die Hosentasche des ältesten Onkels schon so ausgebeult, dass sie auch leer imposant aussah. Manchmal gab's einen aufblasbaren Wasserball oder eine Eisenbahn oder einen echten Lederball zum Kicken. Diese Geschenke reichte uns jeder Onkel mit der Nonchalance eines reichen Mannes. Laut kündigte er die Schenkung an: „Schaut, was ich euch mitgebracht habe!" Eine kunstvolle Pause kam, damit es alle Anwesenden wahrnahmen.
Dann packte der Onkel das Geschenk langsam aus.
„Bravo!", kam von den anderen Familienmitgliedern, und der Onkel sagte zu dem beschenkten Kind: „Das ist ein sehr teures Auto. Du musst aufpassen und es nicht gleich kaputt machen."
Klar zerlegte ich alle Autos sofort, wenn ich mit ihnen allein war. Das Autoinnere kam mir viel interessanter vor als das Äußere. Jedem Geheimnis wollte ich auf den Grund gehen.
Sicher zehn Kinder warteten wir auf die Bescherung: meine Schwester, ich, unsere Nichten und Neffen zweiten Grades. Doch gleich wurden die Geschenke auf die Seite gelegt. Die Spannung wuchs: Als Letzte war meine Mutter mit dem Schenken dran, die Jüngste ihrer Geschwister.

Und schon holte meine Mutter ihre große Einkaufstasche aus Omas Schlafzimmer, und die reichen Onkel und Tanten und erwachsenen Cousins und Cousinen wurden rot vor Scham. „Wie kann sie so was Billiges überhaupt schenken?“, fragten sie sich.
Wo hatte meine Mutter nur diesen ganzen billigen Ramsch aufgetrieben? Das ist mir immer noch ein Rätsel: bunte Winkelemente, Trillerpfeifen aus Plastik, billige Puppen, Korallenketten, Packungen mit Briefmarken, Luftballons und und und … doch das Schönste darunter: „Die Katze im Sack“ – eine kleine Pappschachtel mit Überraschungen darin. „Die Katze im Sack“ war das Überraschungsei des Sozialismus, nur viel überraschender.
Uns Kindern leuchteten die Augen, während wir mit Mutters Geschenken davontanzten, wir kreischten vor Begeisterung. Die teuren Eisenbahnen und Autos mit Kabelsteuerung lagen vergessen auf dem Sofa. Die reichen Onkel und die Tanten und die Cousins und Cousinen erblassten vor Neid.
„Wie schaffst du das, den Kindern immer etwas zu schenken, was sie freut?“, fragte mal eine Tante meine Mutter.
„Ich kaufe ihnen halt das, was ihnen gefällt, und nicht das, was mir gefällt“, sagte meine Mutter.
„Woher weißt du aber, was ihnen gefällt?“
Meine Mutter lachte: „Das weiß man einfach.“
Unglaublich, oder?

Vaters Gurken

Ich hasste das Unkrautjäten! Schon mit sechs kam mir die Gartenarbeit als eine arge Angelegenheit vor, die meinen Intellekt abstumpfen ließ. Trotzdem zwang mich mein Vater an jedem Samstag dazu.

Vaters Gurkenpflanzen haben mir aber sehr gut gefallen. Ihre zart grazile Form. Schön! Die Gurken verdienten es wirklich, von dem ganzen Unkraut befreit zu werden und etwas Licht zu bekommen. Nur fragte ich mich, warum mein Vater die Gurken im Zick-zack gesät hatte.

Das wurde mir erst klar, als mein Vater am von Unkraut befreiten Gurkenbeet stand und brüllte: „Wo sind meine Gurken?"

„Da!", sagte ich und zeigte auf die zarten Pflanzen, die in sehr unregelmäßigen Reihen das Gurkenbeet schmückten.

„Das ist doch Scheißunkraut!", brüllte mein Vater und sprang zum Haufen mit den herausgerissenen Pflanzen neben dem Beet: „Das ist meine Gurke! Und die da! Und die hier auch!" Er fischte eine Pflanze nach der anderen aus dem Haufen, hielt sie mir vor die Nase und brüllte: „Das ist meine Gurke!", um gleich wie ein Hund zu wimmern: „Meine Gurke!" Sein Gesicht war rot angelaufen, seine Halsschlagader wellte sich prall wie ein Gartenschlauch, der sich mit Wasser füllt – um bei der Gartensymbolik zu bleiben.

„Ich dachte, Gurken schauen anders aus", sagte ich.

Da lief mein Vater aber schon ins Haus, um seinen Ledergürtel zu holen. Gleich stürmte er damit wieder in den Garten: „Jetzt zeige ich dir, wo die Gurken wachsen, du kleiner Lump, du!"

Zum Glück tauchte in diesem Augenblick meine Mutter mit den Einkaufstaschen auf: „Was ist hier los?"

„Dein Sohn bekommt eine Tracht Prügel!“, brüllte mein Vater. „Das ist hier los! Er hat statt Unkraut alle meine Gurken rausgerissen!“ Er fischte wieder eine Pflanze aus dem Unkrauthaufen. „Guck! Das hat er gejätet. Eine Gurke!“
„Du und deine Gurken!“, rief meine Mutter. „Unser Sohn ist eben ein kreativer Junge. Ein Künstler! Schau, wie das Beet mit diesen schönen Pflanzen jetzt aussieht – wie von Picasso gemalt.“
„Das ist kein Picasso!“, brüllte mein Vater. „Das ist Scheißunkraut!“ Mein Vater war über die Sicht meiner Mutter so empört, dass er vergaß, mich zu verprügeln. Er tat mir aber leid. Seine Gurken waren ihm wohl wichtig.
Kurz darauf bekam mein Vater von der Gewerkschaft ein Fahrrad. Blöderweise ein schwarzes. Eine sehr traurige Farbe. Nichts also, um ihn aufzuheitern. Ich musste meinen Vater unbedingt für die Gurkenvernichtung entschädigen und ihm Freude machen. Mich bei ihm in einem besseren Licht zeigen. So malte ich sein schwarzes Fahrrad grün an, samt Reifen. Schön sah das Fahrrad aus. Wunderschön. Vielleicht hatte meine Mutter recht – ich war ein Künstler.
Leider war meine Mutter nicht zu Hause, als ich meinem Vater sein frisch gestrichenes grünes Fahrrad präsentierte.

Es muss nicht immer Kaviar sein

In den Sommerferien nach der 6. Klasse musste ich vom Müllplatz Tausende alte Flaschen heimkarren. Mein Vater und ich schlugen sie kaputt. Mit einer breiten Schicht aus Glasscherben wollte mein Vater den Boden seines Glashauses im Garten vor den Ratten schützen, doch die Ratten fraßen sich auch durch das Glas und verputzten Vaters Salat als Nachtisch. Dabei sollte uns der Salat im Winter in der sozialistischen Nahrungsmangel-Wirtschaft Vitamine spenden.
Am Tag vor Mutters Geburtstag half mir mein Freund Eugen beim Flaschensammeln. Gleich entwickelten wir ein lustiges Spiel: Jeder packte eine Glasflasche. Abwechselnd schlug einer von uns damit gegen die Flasche des anderen. Wessen Flasche zuerst kaputt ging, der hatte den Kampf verloren.
„Blödes Spiel!“, brüllte Anna aus unserer Klasse, als sie am Müllplatz entlang zum Fluss radelte. Ich war in Anna verliebt, doch ich wusste schon damals mit zehn, dass Frauen keine Ahnung vom Spielen hatten. Je schöner das Spiel, umso mehr wurde ich dafür von meiner Mutter und meinen älteren Schwestern bestraft. Was solche spannenden Spiele anging, hatten Frauen einen Knacks.
Erst als sich eine große Scherbe unter Eugens Auge gebohrt hatte, hörten wir auf. „Meine Mutter hat morgen Geburtstag“, sagte ich Eugen. „Sicher hat sie was Leckeres zubereitet. Ich muss heim!“
Für Feiern und Feste wurden in der sozialistischen Tschechoslowakei Hunderte „chlebíčky“ hergestellt – mit allen möglichen Leckereien belegte Weißbrotscheiben: Fleischsalat, Schinken, ungarische Salami, Hartkäse, hartgekochte Eier, Sardellen, diverse eigengemachte Pasteten, saure Gurken,

Tomaten und Zwiebelringe und und und – das Ganze bunt und kunstvoll auf den Weißbrotscheiben arrangiert und mit einem Zweig Petersilie geschmückt.
Womit hat meine Mutter diesmal ihre „chlebíčky“ belegt?, fragte ich mich. Schon als ich mir im Badezimmer das Blut von den Händen wusch, lief mir das Wasser auch im Mund zusammen. Diesmal hatte meine Mutter sich übertroffen: Die Brötchen waren mit Kaviar belegt. Mit Tausenden winzigen schwarzen Kügelchen, echtem Kaviar – so wie ich diese Delikatesse der Spione und Männer von Welt aus den Büchern kannte.
Das sozialistische Mähren war kein Ort für Kaviar, und auch unsere russischen Brudergenossen haben mit Kaviar nicht uns beliefert, sondern unsere Feinde im Westen. Selbstverständlich stürzte ich mich auf die Brötchen. Ziemlich bitter schmeckte der Kaviar, doch was für Männer von Welt die beste Speise war, musste auch mir genügen, nach dem Motto:
„Ist das gut?“
„Ja!“
„Und schmeckt's dir?“
„Nein!“
Nach dem dritten belegten Brötchen lief ich dann doch ins Wohnzimmer. „Der Kaviar schmeckt komisch, Mama“, sagte ich.
Meine Mutter runzelte die Stirn: „Welcher Kaviar?“ Doch gleich kreischte sie: „Du meinst das Rattengift?“ Sie sprang auf und brüllte weiter: „Wieviel hast du davon gegessen?“
„Drei Brötchen!“
„Oh Gott!“
Ich wünsche keinem das häusliche Magenauspumpen, das Mutter mit mir in der folgenden Stunde exerzierte: Unsere Nachbarinnen standen Schlange mit ihren Milchblechkannen vom Hauseingang bis in unsere Küche.
Frau Soukalová kochte die Milch, meine Mutter lief mit der warmen Milch auf die Toilette, wo ich vor der Kloschüssel kniete:

„Trink!“, brüllte meine Mutter. Ich trank die Milch auf ex, sie wartete, rammte mir ihre kleine Hand in den Rachen, wühlte mit den Fingern darin, ich kotzte, und sie lief, neue Milch zu holen. Als zwei Stunden später der sozialistische Notdienst anrückte, war mein Magen ausgepumpt.
Da meine Mutter auch die PR-Abteilung unseres Städtchens war, wussten am nächsten Tag alle, wie knapp ich dem Tod entronnen war. Alle bemitleideten mich, nur Anna nicht.
Anna kam am nächsten Tag zu meiner Schulbank und sah mich lange an: „Hornochse, Idiot, Hände weg von ihm!“, sagte sie und lief davon.
Irgendwie war ich nicht der Typ, um Kaviar zu essen.

Allzu viel ist ungesund

Im Sozialismus galt das als gesund, was es gab. Als meine zweitälteste Schwester heiraten sollte, ließ sich meine Mutter aber etwas Besonderes einfallen: Wir würden ein Ferkel kaufen und es bei uns im Keller bis zum Hochzeitsschmaus mästen.
„Die Hochzeit ist doch in einem Monat", sagte mein Vater. „In einem Monat machst du aus keinem Ferkel ein fettes Schwein."
„Dann verschieben wir die Hochzeit um ein halbes Jahr", sagte meine Mutter. Gleich in der darauffolgenden Woche kaufte sie das Ferkel Ferda und fing an, es zu füttern.
Klar habe ich mit unserem Schwein sofort Freundschaft geschlossen. Schon mit zehn hatte ich bei uns in Schamberg einen Tierschutzverein gegründet. Nachdem ich zweimal versucht hatte, Ferda zu befreien, haben meine Eltern mir den Kellerbesuch verboten.
Meine Mutter wollte durch Ferda an den Hochzeitsausgaben sparen, doch Ferda fraß uns alles weg, sodass wir wegen der blöden Hochzeit selbst hungern mussten.
Die Nachbarinnen brachten meiner Mutter eines Tages die Speisereste der letzten Woche. Manche Reste rochen schon wie Gülle. Mir wurde davon schlecht, wenn ich den Topfdeckel hob.
Damit Ferda uns damit nicht vollkotzte, hat meine Mutter alle Reste in einen großen Topf zusammengegossen und die giftige und stinkende Brühe eine halbe Stunde lang gekocht. Während die Suppe abkühlte, liefen meine Mutter und ich in unseren Garten. Als wir mit einem Korb voller Kirschen ins Haus zurückkehrten, hörten wir schon im Gang lautes Schmatzen aus der Küche.

„Jessesmaria!“, rief Mutter. „Das Schwein hat sich befreit!“
Wir rannten hin. Doch am Küchentisch hockte nicht unser Schwein, sondern mein Vater. Gerade leckte er den Teller sauber:
„Das ist die beste Suppe, die du je gemacht hast, Stáňa“, sagte er zu meiner Mutter und zeigte auf die dicke Brühe, die unser Schwein Ferda beglücken sollte. „Lecker! Ich nehme mir noch ’nen Teller.“
„Das ist die Suppe von Frau Soukalová!“, rief meine Mutter und stellte sich schützend vor den Ofen. „Sie hat die Suppe bei uns nur gekocht. Ihr Herd ist kaputt.“
„Schade“, sagte mein Vater. „Lass dir von der Soukalová das Rezept geben. So ’ne gute Suppe habe ich noch nie gegessen.“
Er stand auf, rülpste dabei und ließ einen fahren. Die Suppe brodelte in seinem Körper weiter und erzeugte giftige Gase. Zwei Mücken am Küchenfenster fielen tot zu Boden.
Klar kicherte Vater wie immer über seinen gelungenen Doppelscherz – die laute Entgasung war sein Lieblingswitz – und trabte aus der Küche. In der Tür ließ er es noch einmal donnern, das belustigte ihn noch mehr.
„Warum hast du ihm nicht gesagt, dass er die verkochten Reste für unser Schwein gegessen hat?“, fragte ich meine Mutter.
„Warum sollte ich deinem Vater den Appetit verderben?“, sagte sie. „Sicher würde er krank werden, wenn er wüsste, was er gerade verspeist hat. Männer sind so. Sie lassen sich leicht verunsichern. Etwas schmeckt ihnen, dann sagst du, was sie gegessen haben, und schon schmeckt es ihnen nicht mehr.“
„Und was ist mit der Wahrheit, Mama?“, rief ich. „‚Wahrheit siegt‘ ist doch der Wahlspruch der Tschechen.“
„Weißt du, Jarek“, sagte meine Mutter. „Auch diesen Spruch hat sich ein Mann ausgedacht – der Meister Jan Hus. Und endete prompt auf dem Scheiterhaufen. Allzu viel ist ungesund – und das gilt auch für die Wahrheit.“

Ich hätte den Dichter heiraten sollen

Eines Tages zog mein Vater am Ende des Gartens einen neuen Maschendrahtzaun auf. Zu oft war ich über den alten geklettert. Meine Mutter und ich säuberten die Kartoffelpflanzen vom Kartoffelkäfer. Mein Vater versuchte, den Maschendraht zwischen zwei Eisenpflöcke zu spannen. Plötzlich rutschte ihm der Maschendraht aus der Hand, und das scharfe Ende riss ihm die ganze Handfläche auf. Sofort schoss Blut aus der Wunde.
„Mama!“, rief ich. Meine Mutter richtete sich auf und starrte meinen Vater an.
Er holte aus der Tasche ein schmutziges Taschentuch, das man in Nordmähren „Schnuptychl“ nannte.
Seelenruhig wickelte er das Taschentuch um seine blutende Hand und versuchte, mit der anderen Hand und den Zähnen das Taschentuch zu verknoten. Von seinem Kinn tropfte Blut wie bei Graf Dracula.
„Jessesmaria!“, rief meine Mutter und fiel in Ohnmacht. Ein Kartoffelkäfer, den sie gerade in der Hand gehalten hatte, flog erfreut davon.
Mein Vater kam mit seiner Bierflasche angelaufen, hob die Füße meiner Mutter hoch und goss ihr das Bier ins Gesicht. Meine Mutter sprang auf.
„Das Wasser des Lebens“, sagte mein Vater, zeigte mir die Bierflasche und trank den Rest aus.
Ein paar Wochen später lud mein Vater mit ein paar Kumpels vor unserem Haus große Betonsteine vom Lastwagen runter – Grundmauersteine für unsere neue Terrasse. Die Terrasse wollte mein Vater entlang der Straße für meine Mutter bauen. Die Küchentür würde direkt auf die Terrasse führen. Wenn

meine Mutter später beim Kochen die Nachbarinnen durchs Fenster sah, wie sie an unserem Haus vorbei zum Einkaufen in die Stadt gingen, würde sie auf die Terrasse hinauslaufen und die Nachbarinnen vollquatschen. Deswegen würden unsere Nachbarinnen nie selbst Zeit zum Kochen haben.
Meine Mutter war der Hauptgrund für die meisten zerbrochenen Ehen und für die Emanzipation der Frauen im Städtchen, denn wenn ihre Männer wegen des Essens motzten, hatten die Frauen immer das letzte Wort: „Koch dir doch selber!"
Nach ein paar Stunden Arbeit waren Vaters Kumpel schon ziemlich angeheitert. Meine Mutter bezeichnete das präziser: „Die sind voll besoffen", sagte sie, mit einem Hauch von Sorge in ihrer Stimme. Besser verschwand sie im Keller.
Ihre Sorge war berechtigt: Pepa, der betrunkenste von Vaters Kumpeln, stolperte auf der Lasterladefläche und ließ einen großen Betonstein los. Auch den anderen zwei Männern rutschte der Stein aus den Händen und flog auf die eiserne Ladefläche runter, leider direkt auf die Hand meines Vaters, der am Laster stand und mit zwei anderen Kumpels den Stein unten übernehmen wollte: BUMM!
Meine Mutter lief aus dem Keller: „Was war das?", brüllte sie und starrte wieder mal meinen Vater an.
Er stand da, seine ganze Hand war doch nicht unter dem Stein, nur sein Zeigefinger. Mein Vater lächelte meine Mutter an: „Alles unter Kontrolle, Stani!", rief er.
Die Männer rollten den Stein weg. Mein Vater hob den Zeigefinger hoch und guckte ihn an. Der Finger war flach wie ein Messerblatt. Mit der anderen Hand modellierte mein Vater den Finger zu seiner ursprünglichen walzenförmigen Form.
Meine Mutter wurde ohnmächtig. Ich fing sie auf und legte sie auf den Boden. „Bier!", brüllte mein Vater. „Schnell!"
Gleich standen sechs Männer über meiner Mutter und gossen ihr sechs Flaschen Bier ins Gesicht. Plötzlich machte meine Mutter die Augen auf. Mein Vater zwinkerte mir zu und zeigte auf seine Bierflasche.

„Sie lebt!“, rief Alfons. „Das müssen wir feiern!“ Er hüpfte zu seiner Stofftasche und zog eine Flasche Sliwowitz daraus. Meine Mutter stand auf, schüttelte den Kopf: „Du fasst heute nichts mehr an!“, brüllte sie meinen Vater an. „Ich rufe den Notarzt!“ Sie drehte sich zu mir. „Komm mit! Ich bin noch etwas schwach in den Beinen.“
Unterwegs zu unseren Nachbarn, die ein Telefon hatten, murmelte meine Mutter recht rätselhaft: „Ich hätte den Dichter heiraten sollen, keinen Mann!“
Damals verstand ich diesen Unterschied nicht. Jetzt glaube ich aber zu wissen, was sie gemeint hatte.

Der Bock

Unseren Nachbarn in Schamberg nannten die Erwachsenen Bock. Warum, wussten wir Kinder nicht. Vielleicht wegen der versklavten Tiere, von denen es in seinem Hof nur so wimmelte. Bocks Zuhause ähnelte der Arche Noah. Über dieses Paradies herrschte Bock wie Gott. Am Tag fütterte er Tiere, nachts wohl Frauen.
Denn Frauen gingen bei ihm ein und aus wie beim Frauenarzt. Sie schlichen sich von der Hinterseite in seinen Hof, und wenn wir Kinder sie dabei überraschten, versteckten sie vor uns ihre Gesichter. Eine Nachbarin rief uns einmal ungefragt zu: Ich will nur Brot ausleihen.
Warum versteckten sich die Frauen vor uns? Schämten sie sich, dass sie von Bock Essen bekamen?
Kein Junge aus dem Dorf wollte später Kosmonaut sein oder Präsident – jeder wollte Bock werden. Nur ich hasste Bock. Ständig drohte er mir Schläge an, weil ich beim Spielen seinen Mittagsschlaf stören würde. Einmal kam er nur in Boxershorts aus seinem Haus gelaufen, dafür mit einem Ledergürtel in der Hand. Und das nur, weil ich bei uns im Garten mit einem Stock in einen leeren Topf gedroschen hatte.
„Jarek lernt Schlagzeug spielen“, wehrte meine Mutter Bocks Angriff ab. „Er lebt für die Kunst. Und nicht nur, um seine Triebe zu befriedigen wie andere Männer.“ Dabei sah sie Bock bedeutungsvoll an.
„Wenn du mal nicht da bist, prügele ich ihm die Kunst aus dem Leib!“, brüllte Bock meine Mutter an.
Später mied er sie aber. Frau Mašková hatte sich bei meiner Mutter in der Küche ausgeweint. Öfter war dort Bocks Name Alfred gefallen:

„Alfred, dieses Schwein!", rief einmal Frau Mašková sehr laut, als sie durchs offene Fenster sah, dass Bock in seinem Garten herumwerkelte. Hatte Bock ihr kein Essen gegeben, dass sie auf ihn so sauer war?
Kurz darauf kickten ich und mein Freund Tonda bei uns im Hof. Plötzlich flog der Ball in Bocks Garten. Tonda kletterte über den Zaun. „Ja, leck mich am Arsch!", rief er, „da hängen Äpfel größer als die Möpse unserer Lehrerin."
Tonda bekam in Tschechisch die schlechtesten Noten der ganzen Klasse. Sein Vokabular bezog er von seinem Vater, der Metzger war.
„Die dürfen wir nicht anfassen!", rief ich. „Sonst gibt es Krieg. Bock fährt mit den Äpfeln jedes Jahr zu der Ausstellung ‚Der Sozialistische Garten' in Olmütz. Dort bekommt er immer eine Medaille dafür."
„Die sind überreif!" brüllte Tonda. „Wenn ich 'nen fahren lasse, fallen die runter, schlagen sich an, und die ganze Ernte ist im Arsch! Dann kann er sich auch seine Medaille sonst wohin schieben!"
Das war ein Argument. Ich kletterte zu Tonda in Bocks Garten. „Wir reißen die Äpfel nicht ab", sagte ich. „Wir nehmen uns von jedem Apfel nur einen Biss. Vielleicht wächst das Abgebissene nach."
So haben Tonda und ich jeden Apfel in Bocks Garten nur einmal angebissen – ein nachhaltiger Apfelklau. Die Bisse tarnten wir kunstvoll mit Blättern, damit die Äpfel in Ruhe nachwachsen konnten.
Einige Stunden später sah ich aus unserem Fenster, wie Bock zu seinen geliebten Apfelbäumchen stolzierte. Klar entdeckte er die Bisse sofort. Er lief von einem Apfelbäumchen zum anderen, deckte die Tarnblätter ab und rieb sich die Augen. Seine Halsschlagader schwoll zunehmend an. Plötzlich packte Bock einen Schaufelstiel und lief zu unserem Haus.
„Wo ist der kleine Lump?", brüllte er kurz darauf in unserem Flur. „Ich prügele ihn blau!"

„Beruhige dich!", hörte ich meine Mutter. „Man sollte dich durchprügeln. Für das, was du Frau Mašková angetan hast. Raus aus meinem Haus!"
„Die Äpfelchen", jammerte Bock. „Ich wollte mit ihnen morgen zur Ausstellung nach Olmütz fahren. Letztes Jahr hab ich für sie die Goldene Medaille des Sozialistischen Gartens bekommen."
Ich stand hinter der Kellertür versteckt. Dank der diversen Apfelsorten brodelte, brauste und sprudelte es mittlerweile in meinem Bauch wie in einem Whirlpool. Der Weg zum Klo war von Mutter und Bock versperrt.
„Jarek! Wo bist du?", rief meine Mutter.
Die Stunde der Wahrheit war gekommen. Ich trat aus der Kellertür ins Vorzimmer und leugnete mutig alles. Meine Mutter schützte mich mit ihrem Körper vor dem wilden Nachbarn. Zum Glück war sie eine leidenschaftliche Leserin von Kriminalromanen. „Beweise!", kreischte sie. Aus aller Kraft drückte ich meinen Schließmuskel zu, um die Beweise nicht direkt vor ihre Nasen zu scheißen, wie mein Freund Tonda sagen würde. Irgendwann zog Bock ab. Meine Mutter klebte mir eine sanfte Ohrfeige und sagte: „Die ist dafür, weil du mir keinen Apfel mitgebracht hast."
Eine Woche später bekamen Frau Mašková und meine Mutter in unserer Küche einen Lachanfall und lachten und lachten, und ich wusste plötzlich, was ich mal sein möchte – wenn ich groß bin.

Die Friedenstaube

„Gemeinsam gegen den Rest der Welt, hast du früher mal gesagt!“, brüllte meine Mutter und knallte die Küchentür hinter sich zu.
Ich steckte den Kopf in die Küche. Dort machte sich mein Vater gerade ein Bier auf. Sein Gesicht sah nicht danach aus, dass er mit mir Schach spielen wollte.
Am Abend hockte sich meine Mutter auf mein Bett: „Wir halten zusammen, okay?“, sagte sie.
Erst am nächsten Tag verstand ich, wen meine Mutter mit dem Rest der Welt gemeint hatte: unseren Nachbarn Bock.
Weil ich und mein Freund Tonda die wunderbaren Zuchtäpfelchen in seinem Garten angebissen hatten, für die Bock die Goldene Medaille des Sozialistischen Gartens hatte bekommen wollen, hatte er mir den Krieg erklärt.
Die Tage der Verfolgung begannen. Bock beschimpfte mich, wo er mich auch sah.
Zuerst wehrte ich mich nicht, bereute nur meine abscheuliche Tat. Bocks Hass auf mich steigerte sich aber ins Unermessliche. Sogar als im zwanzig Kilometer entfernten Ostrava sein Fahrrad geklaut worden war, versuchte er, es mir in die Schuhe zu schieben.
„Du machst dich lächerlich“, sagte meine Mutter, als er uns mit der Polizei drohte. Mein Vater schwieg, trank mit Bock weiter sein Nachmittagsbier. Plötzlich redeten meine Mutter und mein Vater nicht mehr miteinander. Meine Reue verflog langsam.
Etwas später schoss ich in unserem Garten mit meiner Schleuder auf Büchsen. Statt jeder Büchse stellte ich mir Bocks fetten Hintern vor.

Die Türen und Fenster seines Hauses waren geschlossen. Bock war weg. Sein anderes Prachtstück, eine exotische große Taube, die wie ein kleiner Truthahn aussah, ließ sich auf der Dachrinne von Bocks Haus nieder.
„Da hast du deine Äpfel, du blöder Bock, du!“, kreischte ich und schoss spontan mit einem Kieselstein auf das Riesenvieh. Die Taube stürzte zu Boden. Jesses! So war's nicht gemeint! Steh auf, Taube, lebe! Das Leben ist doch so schön!
Mit Tränen in den Augen hüpfte ich über den Zaun. Der Vogel rührte sich nicht.
Mit Erste-Hilfe-Kurs-Kniffen aus dem sozialistischen Fernsehen versuchte ich bei der Taube die Herz-Lunge-Wiederbelebung. Sogar von Mund zu Schnabel beatmete ich das Tier. Doch die Taube blieb mausetot.
Was jetzt? Ich hockte vor der Taube und heulte. An der Scheune lehnte eine Leiter. Ich schnappte mir das tote Tier und kletterte damit aufs Dach. Die untere Hälfte des Vogels passte in die Dachrinne wie eingegossen. Super! Jetzt würde keiner mehr merken, dass die Taube nicht mehr lebte!
Ich wollte wieder herabsteigen. Und plötzlich: Geräusche! Jemand im Haus? Diebe? Bock war sicher nicht daheim, beide Wohnzimmerfenster waren zu.
Alter! Wenn ich Bock vorm Ausrauben rettete, würde er mir bis zum Ende seines Lebens dankbar sein. Trotz des Apfeldiebstahls und Taubenmordes. Dann wäre der Krieg zwischen ihm und uns und auch zwischen meinen Eltern endlich vorbei.
Vorsichtig kletterte ich hoch zu dem aufgeklappten Dachfenster. Das Dach fiel steil ab. Hier war Vorsicht angesagt. Die Geräusche wurden immer lauter. Endlich konnte ich den Rand des Dachfensters packen und zog mich hoch.
Ich schaute hinein: Ach du Schreck! Unter mir rangen zwei Nackte. Der Obere schlug in einem schnellen Rhythmus mit seinem Hintern zu, als klopfte er Schnitzel. So kam es meinem achtjährigen Hirn damals vor. Das Schnitzel darunter streckte aber die gespreizten Beine hoch und ähnelte verdammt einer

Frau, zumindest was die großen seitwärts baumelnden Brüste anging.
Was trieben die Räuber da? War das ein Räuberbrauch? Sich nackt aufeinander zu legen und die Fleischwülste gegeneinanderklatschen? Bevor man den Fernseher und die Waschmaschine klaute?
Die laute weibliche Stimme, die unten stöhnte und jauchzte, kam mir bekannt vor. Ich beugte mich noch weiter in die Lücke hinein. Wer war das?
Meine Mutter schüttelte oft den Kopf über mich: „Alle Menschen erleben jeden Tag ihre ganz normalen Dinge, Jarek!", hatte sie einmal gesagt, als ich die Klobrille zerbrochen hatte. „Nur dir passieren schon beim Sitzen auf dem Klo die wildesten Geschichten. Musst du alles so übertreiben?"
Sie wusste nicht, dass ich die Klobrille abgeschraubt und sie mir ausgeliehen hatte, weil ich daraus eine Schaukel an unserer großen Kirsche basteln wollte. Beim Schaukeln war aber die Schaukelleine gerissen und ich auf der Klobrille sitzend auf den Kachelweg in unserem Garten gestürzt.
Auch jetzt kam mein Talent fürs Unvorhersehbare zum Tragen: Beim Vorbeugen fiel mir mein Hausschlüssel aus der Hemdtasche: Ich grabsche nach dem Schlüssel. Mit dem Ellbogen stoße ich in die Stütze, die das Fenster aufhält. Das Fenster klappt zu und befördert mich nach unten zu den zwei nackten Körpern: BUMM!
Ich lande am Rand des überfüllten Bettes, bekomme aber augenblicklich viel mehr Platz, da die beiden wie zwei Raketen aus dem Bett schießen. Ha! Plötzlich gab's eine ganz andere Konstellation: Der Angezogene im Bett, die Nackten auf dem Teppich.
Unsere Nachbarin von gegenüber, Frau Soukalova, und Bock starrten mich von der Mitte des Zimmers an. Die Brüste der Nachbarin schauten gefährlich aus. Bocks Ständer dagegen ging sehr schnell flöten. „Ich bringe ihn um!", brüllte er und stürzte sich auf mich.

„Warum denn?“, kreischte ich.
„Nicht doch, Karel!“ Frau Soukalova packte Bock an der Schulter und reichte ihm seine Hose. Auch sie schlüpfte in ihre Kleider. Endlich konnte ich mich auf meinen bevorstehenden Tod konzentrieren.
Sie flüsterte ihm etwas ins Ohr. Auf einmal lachte Bock mich an, nur hin und wieder zuckte seine Lippe etwas grimmig. „Komm, Jaro!“, sagte er, „vergessen wir das Ganze! Ich sage deinem Vater nicht, dass du bei mir auf dem Dach warst, und du vergisst, was du hier gesehen hast, okay?“
Als ich über den Zaun wieder in unseren Garten kletterte, streifte ich mit dem Blick unser Dach: Ganz oben auf der Dachspitze saß die Taube, die ich kurz davor mit der Schleuder getötet hatte. Ich blickte zur Dachrinne des Nachbarhauses. Die Taube war weg.
Sie hockte auf unserem Dach – prächtig in ihren glitzernden Federn. Schwer hob sie ihre Flügel und segelte auf das Haus von Frau Soukalova.
Der Krieg war vorbei. Eine wahre Friedenstaube.

Schola ludus

Mein bester Schulfreund Tonda wohnte in Schamberg in unserer Straße, direkt unserem Haus gegenüber. Jeden Tag mussten wir uns nach dem Unterricht ein neues Spiel einfallen lassen, damit unser Heimweg nie langweilig wurde.
An diesem Tag hatte Tonda eine schöne Idee: Wir würden uns gegenseitig die Kleider einreißen. Abwechselnd. Jeder hatte einen Versuch, dann machte der andere und dann wieder der erste, und so weiter und so fort – bis wir zu Hause waren. Wessen Kleidung am Ende unseres Wegs am meisten abgerissen sein würde, der hatte verloren.
Tonda fing an. Gleich entdeckte er, dass er das größte Loch in meine Hose reißen konnte, indem er mich an der Hosentasche packte. Ich riss ihm seine bis zum Knie ein.
Zum Glück hatten unsere Karohemden eine Brusttasche. Die bot eine schöne Angriffsfläche. Weil unsere Hemden zugeknöpft waren, haben sich aber auch andere gute Möglichkeiten zum Spielen ergeben.
Das Spiel hat richtig Spaß gemacht, war aber leider ein Lose-Lose-Spiel, wie sich kurz darauf herausstellen sollte.
Vor unseren Häusern war von unseren Hemden und Hosen nicht mehr viel übriggeblieben. Da wir uns nicht einigen konnten, wer gewonnen hatte, haben wir uns noch etwas geprügelt, dann trotteten wir aber in unsere Höfe.
Die Hosenfetzen mussten wir mit beiden Händen hochhalten, damit wir vor unseren Müttern nicht nackt auftauchten.
Leider hatten wir heute in der Schule Nachmittagsunterricht gehabt: Auch unsere Väter waren schon von der Arbeit zu Hause und freuten sich auf die verdiente Ruhe vor der Glotze.
Die würde es heute aber nicht geben.

Ich konnte aus Tondas Haus bereits sein Heulen hören, als ich unsere Küche betrat. Bei uns gab's heute Bohneneintopf. Der Topf war groß wie eine Wanne, damit mein Vater sein Lieblingsessen eine Woche lang essen konnte. Darin steckte Mutters größter Holzlöffel, den sie aus Prag hatte holen müssen. Unser Städtchen war zu klein für solch große Holzlöffel. Mein Vater schmatzte und erging sich gerade in Lobhudeleien über die Kochkünste meiner Mutter. Mein Anblick verschlug ihm aber die Sprache. Mit offenem Mund starrte er mich an.
„Wir haben in der Schule gespielt", sagte ich. „Du weißt schon: ‚Schola ludus', wie der große Pädagoge Comenius sagte. Die Schule sollte ein Spiel sein."
Zum Glück war ich schon mit zehn ziemlich belesen. Mein Vater leider nicht so.
„Ich gebe dir gleich schola ludus!", brüllte er, sprang von seinem Teller mit Bohneneintopf hoch und guckte in der Küche wild um sich herum, auf der Suche nach einem Züchtigungsgerät.
Da er im Zweiten Weltkrieg bei den Partisanen gewesen war und somit erfahren, was Waffensuche anging, fiel sein Blick gleich auf den großen Holzlöffel im Bohneneintopf.
„Nein!", kreischte meine Mutter.
Doch mein Vater zog den Holzlöffel blitzschnell aus den Bohnen und griff damit meinen Hintern an. Gleich beim ersten Schlag brach der Holzlöffel.
Und was jetzt? Verdutzt guckte mein Vater das kurze Stück des Holzlöffelstiels an, das ihm in der Hand geblieben war.
„Du hast meinen letzten Holzlöffel gebrochen!", brüllte meine Mutter. „Müsst ihr Männer alles kaputt machen?"
Ich klopfte meinem Vater auf die Schulter: „Jetzt müssen wir beide die Suppe auslöffeln, die wir uns eingebrockt haben", sagte ich zu ihm. Ich musste mich mit ihm solidarisieren.
„Uaaah!", brüllte er und jagte aus der Küche.
„Diese Familie", zwitscherten Schwalben an den Stromleitungen draußen. „Diese wahnsinnige Familie."

Wer seine Glorie kennt

Die Stimme unseres dementen Physiklehrers Munda kam aus dem Schulfunk:
„Wer hat meine schönen Kügelchen gestohlen? Ha! ... Meine schönen Kügelchen! Sabotage! Der Verbrecher wird eingesperrt, aus der Partei ausgeschlossen ... vernichtet, der Lump, der Kapitalist!"
Gleich ertönte im Schulfunk das Flüstern von Mundas Sekretärin: „Die Schüler sind zu jung, Genosse Schulleiter, sie sind noch nicht in der Partei."
„Waaas! Nicht in der Partei? ... Konterrevolutionäre?"
„Zu jung!"
„Äääh ... Meine schönen Kügelchen ..."
Der Steinzeitkommunist Munda hatte es 1970 im Zuge der „Normalisierung" nach dem Einmarsch der sowjetischen Truppen in die Tschechoslowakei bis auf den Schulleiterposten geschafft. Nach der Zerschlagung des Prager Frühlings mussten Intellektuelle Müllmänner spielen und Deppen Intellektuelle.
Das ist erstaunlicherweise im hoch entwickelten Kapitalismus ähnlich: SCHWUPP! Und schon ist ein Vollidiot Präsident.
Ein Schüler hatte in Mundas Physikkabinett die Kunststoffkugeln von den Schalthebeln der Drehmaschinen abgeschraubt und geklaut, um ein Klick-Klack-Spiel zu basteln. Die Klick-Klack-Manie hatte Schamberg wie eine aggressive Grippe überfallen und alle angesteckt. Jedes Kind wollte diese zwei Kugeln aus hartem Kunststoff haben, die mit einer Schnur verbunden und, von einer geschickten Hand durch die Luft geschwungen, einen gnadenlosen Lärm machten: KLICK, KLACK, KLICK, KLACK ...

Klar hat man im Sozialismus Klick-Klack-Kugeln nicht im Geschäft kaufen können. Wie schon so oft war unsere Kreativität gefragt: Wir mussten uns selbst Kunststoffkugeln besorgen, dann mittig ein Loch bohren und sie mit einer Schnur verbinden.
Zum Glück trugen Schalthebel diverser Maschinen an ihren Enden ideale Klick-Klack-Kugeln. Am Gipfel der Klick-Klack-Manie hat es im Sozialismus keinen einzigen Schalthebel mehr mit einer Plastikkugel gegeben.
Was für Glücksgefühle fluteten mich also, als ich am Müllplatz an unserem Fluss einen Maschinentorso entdeckte mit genau zwei solchen Schalthebeln. Noch kein anderer Junge aus Schamberg hatte die zwei schwarzen Kugeln abgeschraubt. Sie hatten nur auf mich gewartet.
KLICK, KLACK, KLICK, KLACK … Mein neues Spielzeug klackerte so schön, dass meine Ohrtrommeln schmerzten. Das Klackern rief auch meine Eltern aus der Küche herbei, wo sie Mutters Geburtstag vorbereiteten.
Meine Mutter nahm mir das Spielzeug aus der Hand: „Wo hast du die Kugeln her?" Blöderweise hatten sie und mein Vater am Nachmittag unseren debilen Schulleiter Munda in der Stadt getroffen.
„Du bist also der Dieb!", sagte mein Vater.
„Nein!", rief ich.
„Du lügst!", brüllte mein Vater.
Zum Glück stoppte ihn meine Mutter: „Lass ihn doch erklären, wo er die Kugeln herhat", sagte sie.
Ich erzählte ihnen von der kaputten Maschine auf dem Müllplatz. Meine Mutter bat eine Nachbarin, auf den Kuchen im Ofen aufzupassen, und ging mit mir hin.
Doch die Maschine war weg. Inzwischen hatte sie sich ein anderer Junge aus Schamberg gekrallt, um sie in die Alteisen-Sammelstelle zu bringen.
So musste ich zu Hause zur Strafe 500-mal schreiben: „Ich darf nicht stehlen!"

Nach der Strafe riss ich von Zuhause aus. Ich versteckte mich im Keller des Elternhauses meines Freundes Zdenek und träumte davon, wie meine Eltern weinen würden, wenn ich nicht mehr nach Hause käme.
Sie würden für mich ein großes Begräbnis organisieren wie Tante Polly und die anderen Erwachsenen für Tom Sawyer und seine Freunde, als sie dachten, die Jungs seien im Fluss ertrunken. Blöd nur, dass unser seichter Fluss kein Mississippi war. Egal!
Bei meinem Begräbnis würden alle weinen und sich vorwerfen, dass sie mich ungerecht behandelt hatten. Und ich würde das von einer Baumkrone beobachten.
Doch schon am Abend im Keller meines Freundes packte mich ein großer Hunger. Zdenek brachte mir Karotten. „Ich will Wurst!“, jammerte ich.
In der Nacht konnte ich den Hunger nicht mehr aushalten und kehrte nach Hause zurück. Sicher würden meine Eltern und die Nachbarn schon seit Stunden nach mir suchen und heulen, dass ich tot sei.
Doch blöderweise hatte es niemand bemerkt, dass ich ausgerissen war. Obwohl die ganze Familie bei uns war. Man feierte den Geburtstag meiner Mutter.
Statt mitzufeiern, musste ich 500-mal schreiben: „Ich darf nicht das Gartentor offenlassen.“
Jahre später habe ich in Bohumil Hrabals Roman „Allzu laute Einsamkeit“ einen Spruch von Lao Tse gelesen: „Wer seine Glorie kennt und dennoch in Schande weilt, der ist das Vorbild der Welt.“
Ich musste lächeln.

Wenn eine Geschichte erzählt worden ist

Die ganze Klasse drängte sich um meine Schulbank, meine Mitschüler hatten die Augen vor Spannung weit aufgerissen. Ich erzählte:

Dass im Wald hinter unserem Städtchen ein Meteor ein Loch aufgerissen hatte größer als die Höhle Šipka in Štramberk, in der man den Kiefer eines Neandertaler-Kindes gefunden hatte. „Das Loch hat gestrahlt, als ob dort ein Vulkankessel wäre", sagte ich. „Ich hab hineingeguckt. Mittendrin in der Grube lag ein Diamant, groß wie meine Faust."

„Aaaah!", stöhnte Lisa unter der Wucht des Bildes. „Ein Diamant?"

„Ja!", sagte ich. „Der Diamant hat so gestrahlt, dass ich die Augen zumachen musste."

„Und wo ist der Diamant jetzt, hä?", fragte Michal, weil er mich immer bei einer Lüge ertappen wollte. Michal konnte es nicht ertragen, dass Lisa mich bei meinen Geschichten mehr anstrahlte als der Diamant.

„Du darfst keine Diamanten behalten, die du in der Erde findest, du Vollpfosten", sagte ich. „Meine Mutter ist mit mir nach Ostrava gefahren, dort im Rathaus haben wir den Diamanten abgegeben."

„Blödsinn!", sagte Michal. „Alles erlogen!"

„Du kannst meine Mutter fragen!", sagte ich, denn plötzlich wurde mir klar, was alle meine Zuhörer wollten: dass meine Geschichte wahr sei. Warum sollte ich sie enttäuschen?

Michal winkte ab: „Deine Mutter erzählt auch ständig solche Lügen wie du!" Ich sprang auf und verpasste ihm eine. Wir prügelten uns, bis der Lehrer uns auseinanderriss und einen Verweis in unsere Schülerbücher schrieb.

Ich verstand Michal nicht. Klar hatte ich mir alles ausgedacht. War das aber so wichtig? Meine Mitschüler hatten mir doch zugehört und hatten bei meinen Geschichten ihren Spaß. Warum mussten Geschichten wahr sein?
Bis zum nächsten Tag hatte Michal leider der halben Klasse seine Sicht der Dinge eingebläut. Die meisten Menschen möchten statt Literatur Fakten haben – um sie dann zu verdrehen. So wie die Kirche aus einer Märchenfibel ein Sachbuch machen wollte: die ersten Fake News der Geschichte.
Poesie ist nicht Fake News, verdammt! Fake News sind Hass und Gier und Machtmissbrauch. Poesie ist Liebe und Abenteuer, ein wunderwonniges Kribbeln in meinem Körper, wenn Lisa nach dem Schulsport mir mit ihrer Hand den Schweiß von der Stirn wischte. Warum sollte es schlecht sein, Leute zum Träumen oder zum Lachen zu bringen?
Nur noch Lisa stand zu mir, auch wenn sie etwas enttäuscht war, dass ich den Diamanten nicht ihr gebracht hatte. „Dann zeig ihnen die Grube von dem Meteor“, sagte Lisa am Nachmittag in unserem Bunker am Hügel über dem Fußballplatz, als die Jungs mir wegen meiner Geschichte wieder zusetzten. Ich seufzte. „Okay! Am Montag nach der Schule gehen wir hin!“ Wohl würde ich am Wochenende in den Wald laufen und dort eine Grube ausgraben müssen. Langsam tat mir meine Geschichte leid. Eine Geschichte ist gut, wenn sie nicht zu einer Falle wird.
Blöderweise bekam ich am Wochenende von meinem Vater Hausarrest, weil ich seine sozialistischen Orden gegen Briefmarken getauscht hatte. Das ist aber eine andere Geschichte. Auf jeden Fall konnte ich am Wochenende im Wald keine Meteorgrube graben.
Am Montag nach der Schule trieb mich die ganze Klasse vor sich her in den Wald. Kein Wunder passierte leider: Die Grube war nicht da. Wegen meiner „Lügengeschichte“ hörten alle Kinder im Städtchen auf, mit mir zu reden. Drei Monate lang spielte ich allein, während die anderen in unseren Stra-

ßen zusammen tobten und lachten. Wenn ich Lisa traf und „Hallo, Lisa" sagte, guckte sie weg. Drei Monate allein. Ein Aussätziger auf seiner Lepra-Insel Spinalonga.
„Warum spielst du nicht mit den anderen Kindern?", fragte meine Mutter, als sie mich heulend auf unserer Terrasse fand. Ich beichtete. „Bin ich wirklich ein Lügner, wenn ich eine Geschichte erzähle?", fragte ich.
„Nein!", sagte meine Mutter: „Das geht gar nicht! Denn wenn eine Geschichte erzählt worden ist, ist sie wahr."

Mein Karma

„Ich lasse ihn doch nicht zu einem Feuerwerk gehen!", brüllte mein Vater am Vorabend des Jahrestags der Großen Sozialistischen Oktoberrevolution, denn im Sozialismus wurden in Mähren nur zu diesem Anlass Raketen gen Himmel geschossen. Um zu zeigen, wie der Mensch das von Gott geschaffene System bezwungen hatte. Nicht an Silvester! Was war schon der Wechsel der Jahre gegen den Großen Oktober.

„Wenn er zum Feuerwerk geht, schnappt er sich dort sicher eine Rakete, und dann haben wir hier die Bescherung", fügte mein Vater hinzu.

„Du hast doch im Krieg als Partisan auch Raketen geschossen", sagte ich, um ihn zu besänftigen.

Doch mein Vater brüllte wieder: „Ja! Aber gegen die Nazis und nicht gegen die eigene Familie!" Dann machte er sich ein Bier auf. Bier besänftigte ihn erstaunlicherweise mehr als sein Sohn.

„Jarek ist doch kein Bösewicht", sagte meine Mutter. „Mit ihm geht nur hin und wieder sein Karma durch." Sie war trotz Vaters kommunistischen Weltbilds katholisch geblieben, ließ sich aber auch von anderen Religionen beeindrucken.

„Esoterischer Scheißdreck", murmelte mein Vater, sehr leise aber, damit meine Mutter ihn nicht hörte. Er war zwar ein überzeugter Kommunist, wenn ihn aber eine Katholikin aus dem Schlafzimmer schmiss, brachte ihm seine Überzeugung nichts mehr. Männer wollen ja mit ihren Überzeugungen Frauen ins Bett bekommen.

So konnte ich den Ort des Feuerwerks auf dem Hügel über unserem Städtchen erst am Tag danach erforschen. Tonnenweise abgefeuerte Raketen lagen da. Ich riss die Papphüllen auf und fischte kleine graue Walzen daraus.

Zurück zu Hause sagte mir mein Verantwortungsgefühl: Zünde die Walzen besser auf dem Steinboden im Vorzimmer an. Auf dem Lino in der Küche ist es riskant. Mein Vater wäre sicher stolz auf mich, dass ich so achtsam war.
So baute ich auf dem Steinboden im Vorzimmer aus den Walzen einen Hügel und versuchte, die Walzen anzuzünden. Mit Streichhölzern ging das nicht.
Ich zog die Autogenpistole meines Vaters an ihren Schläuchen vom Garten ins Vorzimmer. Damit hatte mein Vater, der Schlosser, das Geländer an der Eingangstreppe geschweißt.
Ich drehte den Regler voll auf und zündete das Gas. Mit dieser Stichflamme hätte man Eisen anzünden können. Ich richtete die Flamme auf die Walzen.
Plötzlich fingen die Walzen doch an zu brennen: Alle!! Wie gezündete Raketen schossen die Walzen auseinander und flitzten auf dem Steinboden hin und her wie brennende Billardkugeln.
Leider war auch das Vorzimmer zu riskant für wissenschaftliche Forschung, wie ich erst jetzt entdeckte: Dort standen am Rand alle unsere Schuhe. Die Walzen flitzten von Schuh zu Schuh, brannten Löcher hinein und schossen zischend und Blitze schlagend weiter.
Hin und wieder musste ich hochspringen, sodass die Walzen unter meine Füße hindurchrasten, um die Schuhe auf der anderen Seite unseres Vorzimmers zu zerstören.
Bis den Torpedowalzen die Puste ausgegangen war, hatten alle unsere Schuhe Brandwunden und Löcher. In den Kachelboden war eine fette braune Spur der Verwüstung eingebrannt.
Erst am Ende des Beschusses kamen meine Mutter und mein Vater aus dem Wohnzimmer angelaufen:
„Krieg!“, brüllte mein Vater, um beim Anblick unserer Schuhe und von dem, was früher unser Vorzimmer gewesen war, sanft, jedoch etwas fassungslos hinzuzufügen:
„Jetzt werde ich sein Karma für den Rest seines Lebens geradebiegen.“ Dann fuhr der Teufel in seine Knochen.

Diesmal mischte sich meine Mutter nicht in die Züchtigung ein. Wegen ihrer verbrannten Schuhe war sie so fertig, dass sie nicht einmal sagte, dass ich für den Galgen wachsen würde. So wurde mir klar, dass eine Frau eine tiefe Beziehung zu ihren Schuhen hat.
Als mein Vater, meine Mutter, meine Schwester und ich am nächsten Tag beim Familientreffen bei der Oma in unseren an- und durchgebrannten Schuhen auftauchten, verursachten wir bei der ganzen Familie einen Lachanfall.
Sie kreischten vor Lachen, sie zeigten auf uns, und lachten und lachten, manche mussten sich auf den Boden hocken, weil das Lachen sie schwach in den Beinen machte.
Erst da tätschelte meine Mutter mich wieder am Kopf und sagte:
„Alles Schlechte ist zu etwas gut.“ Mein Vater knirschte mit den Zähnen.

Warum ich Schriftsteller wurde

Hin und wieder hat es in meiner Jugend ein pädagogisches Ritual gegeben: Wenn ich etwas angestellt hatte, musste ich im Wohnzimmer unseres Hauses einen Stuhl und einen Ledergürtel vorbereiten. Mein Vater rechnete meine böse Tat in Schläge mit seinem Ledergürtel um. Ich legte mich auf den Stuhl, und er verpasste mir genau so viele Schläge, wie ich verdient hatte. Nur wenn ich zu heulen anfing, prügelte er mich länger.

Der sozialistischen Pädagogik nach solle ein angehender Mann nicht weinen, meinte mein Vater. Als ein Vorkriegskommunist und Partisan gegen die Nazis war er nun mal nicht nur hart im Nehmen, sondern auch im Geben.

„Du hast es noch gut", tröstete meine Mutter mich oft nach einer Züchtigung. „Wer sich bei den Partisanen nicht gefügt oder etwas Böses angestellt hatte, wurde sofort erschossen."

Klar hat es für die Strafe immer einen Grund gegeben. Angestellt habe ich ständig etwas.

„Ich schlage dich wahrlich nicht zum Spaß", sagte mein Vater und schlug zu.

So waren damals alle Männer in Mähren. Ein Freund wurde von seinem Vater mit einer Peitsche gezüchtigt. Manchmal war er so sauer, seinen Sohn wieder verprügeln zu müssen, dass er ihm gleich nach der Züchtigung noch eine zusätzliche Abreibung verpasste. Als Nachschub sozusagen.

Meine Mutter haben diese Strafen immer mehr belastet. Ich stellte ja unentwegt etwas an. Obwohl sie katholisch war, begann sie selbst, sozialistische Pädagogik zu studieren. Anschließend konnte sie meinen Vater überreden, bei mir eine neue sozialistische Erziehungsmethode anzuwenden:

„Die Prügelstrafe ist ein Überbleibsel des Kapitalismus", sagte sie. „Der große sowjetische Pädagoge Makarenko rät von der Prügelstrafe ab."
Statt mit Schlägen sollte ich für meine bösen Taten mit Sätzen bestraft werden: Zum Beispiel musste ich 500-mal den Satz aufschreiben: „Ich darf meinem Vater nicht widersprechen."
Diese Schreibstrafen haben meinen Vater wahnsinnig gemacht, denn er musste danach zählen, ob ich nicht geschummelt und den Strafsatz tatsächlich auch 500-mal aufgeschrieben hatte und nicht nur 477-mal. Doch weil die sozialistische Pädagogik das wollte, war er bereit, Opfer zu bringen.
Wenn du aber 500-mal schreibst „Ich darf meinem Vater nicht widersprechen", bekommst du dabei schon arg Lust, genau das zu tun. Schmeckt das verbotene Obst nicht am besten? Manchmal konnte ich's beim Strafschreiben nicht mehr aushalten, bis ich meinem Vater widersprechen würde. Eine solche Macht übte auf mich dieses 500-mal wiedergekäute Verbot aus.
Gleich nachdem ich 500-mal aufgeschrieben hatte „Ich darf meinem Vater nicht widersprechen", lief ich zu ihm mit nur einem einzigen Gedanken und Wunsch im Kopf – ihm zu widersprechen.
Einen Teufelskreis hatte sich da die sozialistische Pädagogik einfallen lassen. Nur wegen ihr musste ich schon als ein junger Bursche Millionen Sätze schreiben. Seitdem kann ich's nicht lassen und schreibe weiter und weiter, immer neue Sätze.
Und so bin ich Schriftsteller geworden. Nur weil meine Mutter ein Buch des großen sowjetischen Pädagogen Makarenko gelesen hatte, um mich vor Körperstrafen zu bewahren.

Tischsitten des Proletariats

Meine Mutter kam aus dem wohlhabenden Bürgertum von Schamberg. Vor den kommunistischen Zeiten besaßen ihre Eltern einen großen Ausflugsbiergarten.
Mein Vater entstammte einer Proletenfamilie. Als eins von dreizehn Kindern musste er schon mit dreizehn im Steinbruch arbeiten, was aus ihm am Anfang der 30er Jahre einen Kommunisten machte. Da der Kommunismus nach dem Zweiten Weltkrieg zur tschechoslowakischen Staatsreligion wurde, war die Dreizehn Vaters Glückszahl.
Wie waren diese zwei so unterschiedlichen Menschen zusammengekommen?
Mein Vater hat meine Mutter bei einem Ball entdeckt und sie spontan gefragt: „Darf ich bitten?"
Beim Tanzen bekam meine Mutter eine akute Blinddarmentzündung und musste in ihrem schönen Abendkleid direkt vom Ball ins Krankenhaus gefahren und operiert werden. Mein Vater fuhr mit und wurde der Zeuge ihrer großen Intimität: der Blinddarm-Entfernung. So verliebt, dass er den Blinddarm meiner Mutter am liebsten wie eine Reliquie behalten hätte. Manchmal ist der Blinddarm keine Sackgasse, sondern der Weg in die Liebe.
In unserer Küche konnte ich oft den Zusammenprall der Welten beobachten – der des manierlichen Bürgertums und des Proletariats – die Schöne am Ofen und das Biest am Küchentisch. Während meine Mutter beim Auftragen der Speisen Arien von Antonin Dvořák summte, furzte ihr mein Vater fröhlich hinein und freute sich über seinen originellen Humor. Trotz der sozialistischen Gurken-, Dill-, oder Tomatensoßen mit Kartoffeln und einem winzigen Stück gekochten Rind-

fleischs versuchte meine Mutter zumindest vom Stil her ein Essen hervorzuzaubern, das eines 5-Sterne-Kochs würdig war. Eines Tages gab's ein Festessen: eine Schlachtschüssel vom Schwein der Nachbarn. Mein Vater kicherte leise, schon als er in die Küche kam und die Leberwürste und das Kraut sah. Meine Mutter war am Ofen beschäftigt, merkte es nicht, doch ich erwartete von ihm beim Essen einen besonders raffinierten Witz – vielleicht würde mein Vater furzen und rülpsen gleichzeitig beim Suppenaufmarsch.
Zum Glück passierte nichts, während wir die „Arschsuppe" vom Schwein aßen, denn so heißt die Blutwurstsuppe in Mähren.
Das Hauptessen trug meine Mutter in diversen hübschen Porzellanschalen auf und führte uns auch gleich auf ihrem Teller vor, wie man die Kartoffeln mit Kraut und Leberwurst kunstvoll arrangierte und die Speisen anschließend dezent mit Fett begoss. Dann drehte sie sich zum Ofen, wo noch etwas blubberte.
Mein Vater kippte Kartoffeln, Kraut und Leberwürste auf seinen Suppenteller, schlitzte die Leberwürste auf, drückte die Leberwurstmasse aus, goss ordentlich Schweinefett drauf, zerdrückte die Kartoffeln und die Leberwurstmasse und mischte das alles mit seinem Löffel ordentlich zusammen. Anschließend klatschte er die Masse zu einem Quader. Dabei kicherte er ununterbrochen. Neugierig schaute ich ihm zu.
Endlich war mein Vater mit seinem Kunstwerk zufrieden, das jetzt wie ein marmoriertes Hügelgrab aussah. „Guck, Stani!", rief er zu meiner Mutter. „Eine Torte!"
Meine Mutter drehte sich um. Eine Minute lang starrte sie fassungslos Vaters Teller an. Endlich schüttelte sie den Kopf und sagte: „Ich hätte den Blinddarm behalten sollen."
„Darm leer", sagte mein Vater und zeigte die leere Leberwursthülle.
Damals habe ich zum ersten und zum letzten Mal gesehen, dass meine Mutter beim Mittagessen Sliwowitz trank.

Immer noch mit Schock in den Augen nippte sie an ihrem Schnapsglas und murmelte: „Ab jetzt gibt's nur noch Kartoffelpuffer."
Mein Vater ließ laut einen fahren und putzte seine Torte schmatzend weg.

Mutterherz

In unserem Städtchen in Mähren war ein Kinderheim. Die meisten Kinder darin waren Roma. Nur hießen sie damals noch Zigeuner. Mit vielen war ich befreundet. Etwa fünf hat's in jeder Schulklasse gegeben. Meine Mutter brachte den Kindern aus dem Kinderheim hin und wieder Süßigkeiten. Für unseren Nachbarn bereitete sie einmal ein Backhähnchen zu. Der Nachbar reparierte bei uns die Waschmaschine. Nach der Reparatur kam er in die Küche, und meine Mama legte ihm eine Backhähnchenkeule auf den Teller.
„Ich verstehe nicht, dass du dich ständig mit dieser schwarzen Brut im Kinderheim abgibst", sagte der Nachbar.
Meine Mama starrte ihn an und stammelte dann: „Das sind doch Kinder!"
„Das sind keine Kinder!", sagte der Nachbar. „Das sind Kreaturen!"
Er griff nach seiner Keule, doch meine Mutter riss ihm das schöne Stück aus der Hand und brüllte:
„Raus hier! Du alter böser Schwanz!"
Der Nachbar trottete beleidigt aus unserem Haus. Meine Mutter klebte mir vorsichtshalber eine Ohrfeige und sagte:
„Damit du dir merkst, dass du solche Ausdrücke nicht benutzen darfst."

Mutter, Mord und Dostojewski

Den Sonntag feierte meine Mutter am Donnerstag. Jeden Donnerstag kam ein neuer Krimi in die Buchhandlung unseres Städtchens. Der Krimi war trotz Sozialismus meist auch gut: Agatha Christie, Raymond Chandler, Dashiel Hammett, Rex Stout, Ross McDonald …

Komischerweise hat damals jeder gelesen: der Traktorist in der Kolchose, der Bauarbeiter … sogar Lehrer lasen. Mit jedem Menschen konntest du dich einigermaßen unterhalten, ohne das Gefühl zu haben, dass ein Gespräch mit einem Affen etwas komplexer verlaufen würde. Im Kapitalismus lesen wir immer weniger und jagen immer mehr dem Geld nach. Dadurch ändert sich unsere Gesprächskultur. Statt zu sprechen, tauschen wir Informationen aus.

Wer von der allgemeinen Verblödung profitiert, kannst du in jeder Zeitung nachlesen. Früher hatte das unzufriedene Volk Politiker wie Gandhi, Kennedy oder Willy Brandt gewählt, jetzt wählt es Donald Trump als ein Zeichen der Donaldisierung der Welt, in der man Dummheit für Wahrheit hält. Hat im Kapitalismus die Gier die Neugier endgültig besiegt?

Am Donnerstag zog sich die Schlange in die Buchhandlung unseres sozialistischen Städtchens in Mähren um den halben Stadtplatz. Meine Mutter und ich kamen aber erst gegen Mittag in den Laden, als die letzten Krimisüchtigen den Laden enttäuscht verließen.

Marx hatte die kapitalistische Überproduktion kritisiert, deswegen wurde im Sozialismus unterproduziert: 20 Bücher auf 200 Leser. Das machte den Buchhändler zu einem Drogendealer, der aber nicht jedem Süchtigen seinen Stoff zukommen ließ.

Meiner Mutter schon: Sie kannte jeden. Im Städtchen gab es niemanden, der von meiner Mutter nicht mindestens einmal pro Woche zugelabert wurde. Wenn meine Mutter einkaufen ging, brauchte sie für den halben Kilometer bis zum Stadtplatz drei Stunden.
So rückten wir auch an diesem Donnerstag erst mittags in der Buchhandlung an, obwohl wir gleich nach dem Frühstück unser Haus verlassen hatten: „Guten Tag, Rosa", sagte meine Mutter zu der Buchhändlerin. „Hast du etwas für mich?"
Rosa schaute sich vorsichtig um, ob auch der letzte enttäuschte Krimileser aus dem Buchladen verschwunden war, langte unter die Theke und reichte meiner Mutter ein Buch:
„In dem neuen Krimi geht's um eine Bande von Taschendieben …"
Meine Mutter runzelte die Stirn: „Kein einziger Mord?"
„Nein!", sagte Rosa. „Der Krimi ist aber wirklich spannend."
„Spannend?" Meine Mutter lachte und schüttelte den Kopf. „Das ist doch kein Krimi, so ohne Mord! Mindestens einen Mord müsste es schon geben. Am besten drei Morde. Ein Buch mit drei Morden ist ein Krimi."
Rosa seufzte und zupfte ein dickes Buch aus dem Regal: „‚Verbrechen und Strafe' von F. M. Dostojewski", sagte sie. „Darin erschlägt Raskolnikow eine alte Pfandleiherin mit einem Beil."
Die Augen meiner Mutter leuchteten auf: „Er bringt eine alte Frau mit einem Beil um?"
„Eigentlich zwei alte Frauen."
„Na, das nenne ich einen Krimi!", rief meine Mutter. „Gib her!" So kam im Sozialismus Literatur ins Haus.
Meinen ersten Krimi, der veröffentlicht wurde, habe ich für meine Mutter geschrieben. Auch wenn sie schon lange nicht mehr da ist: „Tote Tulpen" ist für dich, Mama!

Rote Ernte

Meine Mutter stand am Ofen in der Küche. Mit der Rechten rührte sie ihren berühmten Bohneneintopf, ganz automatisch wie ein Rührroboter. In der Linken hielt sie aufgeschlagen Dashiell Hammetts blutrünstigen Krimi „Rote Ernte" und las. Zwischen den Lippen steckte eine glimmende Zigarette, die genau zur Hälfte geraucht war. Nur hatte meine Mutter wegen der spannenden Lektüre vergessen abzuaschen. Immer wenn sie gierig am Zigarettenstummel zog, glomm auch ein gutes Stück der nicht abgeklopften Aschenwalze.

Hin und wieder biss ihr der Zigarettenrauch ins rechte Auge, sie kniff das Auge halb zusammen, doch las unbeirrt weiter. Gleich würde die Asche in den Bohneneintopf fallen und ihn versauen.

Sollte ich „Vorsicht" flüstern, um sie nicht zu erschrecken? Oder sollte ich ihr ganz vorsichtig auf die Schulter klopfen? Sie stand mit dem Profil zu mir gedreht, die Stirn etwas gerunzelt, wohl wurde in Hammetts Krimi gerade ein Mensch nach dem anderen umgebracht.

Der Aschenstängel neigte sich immer mehr dem Bohneneintopf zu. Noch ein Zug meiner Mutter, dann würde die Schwerkraft die Asche in das gute Essen befördern. Da ließ sie den Holzlöffel los, holte die Zigarette mit dem Zeige- und dem Mittelfinger aus dem Mund, ohne mit dem Lesen aufzuhören, tippte mit dem Daumen auf den Zigarettenfilter und aschte ab – klar, direkt in den Bohneneintopf.

„Mama!", rief ich vorwurfsvoll. Endlich hörte meine Mutter mit der Lektüre auf, sah mich an, dann den Eintopf, wo die

Zigaretten-Aschenwalze wie eine kleine graue Karotte auf den Bohnen lag.
„Dein Vater mag's scharf", sagte sie, rührte die Zigarettenasche ein und las weiter.

Reich oder romantisch

In der sozialistischen Tschechoslowakei haben wir mangels anderer Zerstreuung alles Mögliche gesammelt. Mit einem Schulfreund habe ich mein Briefmarkenalbum gegen eine Packung Spielkarten getauscht.
Auf den Karten waren nackte Frauen abgebildet. Langsam änderten sich meine Interessen, und mit vierzehn wusste ich noch nicht, dass Spielkarten mit nackten Frauen sexistisch waren.
Den Tausch habe ich sowieso als einen Akt des Widerstands gegen das kommunistische System und meinen Vater gesehen, da Bilder von nackten Frauen als unsozialistisch galten. Vor allem wenn sie aus Westdeutschland kamen.
Ich sichtete die Karten mit den nackten Frauen im Wohnzimmer, plötzlich hörte ich meine Mutter mit einer Nachbarin ins Haus kommen. Die Stimmen näherten sich verdammt schnell. Ich hockte auf der Couch und war wegen der erotischen Karten nicht in der Lage, mich der Nachbarin zu zeigen. Meiner Mutter schon überhaupt nicht, wenn ich sie nicht in einen Lachanfall stürzen wollte.
Außerdem war ich in diesem Moment geistig ziemlich verwirrt, kein Blut im Hirn. Statt die Karten zu verstecken, schlüpfte ich unter die Couch und versteckte mein schlechtes Gewissen mitsamt den Gründen dafür. Meine Mutter und die Nachbarin ließen sich in den Sesseln nieder und rauchten eine: „Mit den Männern ist es schwierig“, sagte meine Mutter. „Die meisten Frauen möchten einen romantischen Mann bekommen, der viel Geld verdient. Sie wissen nicht, dass diese zwei Charaktereigenschaften sich widersprechen. Es gibt entweder romantische oder reiche Männer. Beides geht nicht.“

„Und wie ist dein Mann?“, fragte die Nachbarin. „Reich wohl nicht.“
„Ich habe ganz danebengegriffen“, sagte meine Mutter. „Mein Mann ist weder reich und noch romantisch. Mein Mann ist ein Kommunist.“
Am Abend kam mein Vater betrunken heim. Eigentlich stürzte er nur ab, wenn er unterwegs aus der Arbeit einen alten Genossen traf, mit dem er schon vor dem Zweiten Weltkrieg gegen den Kapitalisten gekämpft hatte. Oder wenn er seinen Lohn bekommen hatte. Der wurde damals bar ausgezahlt, damit ihn die Arbeiter schnell versaufen und wieder der Staatskasse zuführen konnten. An diesem Tag hatte mein Vater aber einen alten Mitkämpfer getroffen und gleichzeitig seinen Lohn bekommen – eine teuflische Mischung.
Der Rausch versetzte meinen Vater in einen argen Erziehungsoptimismus, wohl auch deswegen, weil ich der einzige im Wohnzimmer war, der ihn nach seiner Ankunft aus der Kneipe gegrüßt hatte.
Meine Schwester sah ihn eiskalt an und verschwand. Meine Mutter stand schweigend da und wartete auf seine Entschuldigung und darauf, was von seinem Lohn übriggeblieben war.
„Aus Jarek mache ich noch einen General!“, brüllte mein Vater und zeigte auf mich.
„Einen General im Suff!“, brüllte meine Mutter, lief ins Schlafzimmer und gleich wieder raus und warf Vaters Bettzeug auf die Wohnzimmercouch. Dann sperrte sie sich im Schlafzimmer ein.
„Egal!“, brüllte mein Vater. Er war begeistert, weil ich ihn gegrüßt hatte. Er versuchte meine Hand zu küssen und stopfte mir den Rest seines Monatslohns, den er nicht versoffen hatte, in die Hosentasche.
„Kauf dir dafür eine Kugelbahn!“, brüllte er.
„Hä?“, sagte ich. „Eine Kugelbahn? Mit vierzehn?“
Am nächsten Tag hatte sich mein Vater in die Arbeit geschlichen, bevor unser Hahn sein „Kikeriki“ hören ließ.

Meine Mutter kam in die Küche, wo ich schlief, und streckte mir die Hand entgegen. Ich blätterte ihr Vaters Lohn hin. Sie gab mir zehn Kronen davon zurück und seufzte: „Du bist wohl zu romantisch, um reich zu werden, Jarek! Wenn du aber trotz dieser abschreckenden Erlebnisse zu saufen anfängst, dann bist du nicht nur romantisch, sondern auch blöd."

Der Liebe Zeit

Spätabend war's – der erste Mai,
ein Abendmai – der Liebe Zeit.
Zur Liebe lud des Täubchens Schrei,
wo Kiefernhain die Düfte streut.

So bedichtete der tschechische Dichterfürst Karl Hynek Macha den 1. Mai. Mein 1. Mai 1966 zeigte mir, dass Liebe auch große Opfer verlangt.

Ich war zehn und Nadja das schönste Mädchen in der vierten Klasse. Wie konnte ich sie beeindrucken?

Seinen Schatz hatte mein Vater, ein Kommunist seit 1933, im oberen Abteil unseres Wohnzimmerschranks vor mir verborgen gehalten: acht echte sozialistische Orden – Auszeichnungen für seine Verdienste um den Aufbau des Sozialismus, für seinen Kampf gegen die Kapitalisten während der Ersten Republik und für seinen Widerstand als Partisan gegen die Nazis.

Nadja guckte nicht schlecht, als ich einmal in unserer Sandgrube auftauchte, mit Vaters restlichen sieben Orden behängt. Den einen Orden hatte ich ja schon gegen Spielkarten getauscht.

„Du siehst wie Gagarin aus", sagte sie, und ich schoss ab wie eine Rakete.

Sie streckte die Hand gegen meine Brust: „Huh! Die Orden fühlen sich aber ganz schön kalt an ... Schenkst du sie mir?"

In der Früh des 1. Mai 1966 wollte mein Vater sein Sakko für die 1.-Mai-Parade mit Orden behängen. Zum ersten Mal in meinem Leben hörte ich einen Wolf heulen, als mein Vater den Wohnzimmerschrank aufmachte. Dann heulte ich.

An diesem 1. Mai stand mein Vater auf der Tribüne am Stadtplatz ohne seine Orden. Wir winkten den Genossen auf der Tribüne von unten mit Winkelementen zu.
Nur hin und wieder bückte sich ein Genosse auf der Tribüne zu meinem Vater und fragte ihn wohl, warum er heute keine Orden trage. Zum ersten Mal im Leben musste mein Vater sich Geschichten ausdenken. So hatte er endlich etwas von seinem kleinen Sohn gelernt.
Nadja stand neben mir, mit der Rechten winkte sie mit ihrem Winkelement und rief „Hurraaaa!“ Plötzlich packte sie mit der Linken meine Hand, und ich wusste, für diesen einen Augenblick würde ich jede Strafe auf mich nehmen. Es hatte sich gelohnt.
Alle Orden der Welt für dich, Nadja.

Liebe zu Liba

Unser Elektroreparateur Emil war so in Alkohol eingelegt, dass ihm nicht einmal 220 Volt etwas anhaben konnten. Ein Strommessgerät brauchte er nicht. Als er bei uns im Haus eine defekte Steckdose reparieren sollte, nahm er zwei Kabel in die Hand, streckte die Zunge raus, fuhr mit den bloßen Kabelenden darüber, und es machte brezz, brezz:
„Faft!“, sagte Emil, wobei er eigentlich „Saft!“, sagen wollte.
Meine Mutter war mit Emils Frau Liba befreundet. Sie redete Emil oft zu: „Sauf nicht, sonst läuft dir Liba davon. Das ist doch nicht schön, wenn du ständig in der Kneipe hockst und Liba zu Hause allein lässt.“
„Ein Bierchen schadet nicht“, antwortete Emil.
Doch eines Nachmittags rauschte Emil bei uns rein, wie immer besoffen, und jammerte und lallte:
„Liba ist weg! Sie hat ihre Koffer gepackt und ist abgehauen. Sicher kommt sie wieder zurück. Wie könnte sie ohne mich leben? Was meinst du, Stanja. Liba kommt doch zurück, oder?“
„Keine Ahnung“, sagte meine Mutter. „Kennst du den Witz? Da treffen sich zwei Freundinnen, und die eine sagt: ‚Weißt du, dass Eva von ihrem Mann verlassen wurde?‘
‚Wirklich?‘, sagt die andere. ‚Und wie kommt Eva damit zurecht?‘
‚Jetzt schon gut‘, sagt die erste. ‚Aber am Anfang, da hatte Eva schon Angst, dass er zurückkommt!‘“
„Das ist furchtbar!“, klagte Emil. „Ich habe Schlafprobleme. Ich kann nur schlafen, wenn jemand neben mir liegt.“
„Dann kauf dir einen Hund!“, sagte meine Mutter, und Emil lief heulend davon.

Gleiche Witze

Mein Vater hat schon mit dreizehn im Steinbruch gearbeitet, war zwanzig Jahre lang Soldat der tschechoslowakischen Armee. Im Zweiten Weltkrieg hat er als Partisan gegen die Nazis gekämpft. Deswegen hat er nie richtige Umgangsformen jenseits eines Soldatenzimmers gelernt.
„Kannst du wieder mal einen Bohneneintopf kochen, Stanja?“, fragte mein Vater meine Mutter.
„Nö“, sagte meine Mutter. „Vom Bohneneintopf bekommst du immer arge Blähungen.“
Er musste immer aus der Küche auf die Terrasse laufen, wenn meine Mutter bei unserem Mittagessen Anzeichen vernahm, er wolle entgasen.
„Du machst so viel Theater um normale körperliche Vorgänge“, sagte mein Vater.
Meine Mutter schüttelte den Kopf: „Um Körpervorgänge geht es mir nicht. Ich kann nur deinen blöden Spruch nicht mehr ertragen, mit dem du deine niederen Äußerungen begleitest. Immer, wenn du einen fahren lässt, machst du denselben Witz. Und das seit 25 Jahren! Ich bin eine Intellektuelle, ich lese drei Krimis pro Woche. Ein tausende Male wiederholter Spruch ist Gift für mein Gehirn.“
Bevor meine Mutter in die Kur fuhr, hatte sie sich erweichen lassen und kochte für meinen Vater einen Fünf-Liter-Bohneneintopf. Mir kaufte sie Mittagessensmarken fürs Restaurant „An der Erdachse“. Mein Vater strahlte vor Glück: Jeden Tag würde es Bohneneintopf geben.
Als meine Mutter zurückkehrte, guckte er traurig den leeren Topf an. Gleich am nächsten Tag machte meine Mutter Palatschinken mit Erdbeermarmelade. Lustlos knabberte

mein Vater an dem süßen Zeug, plötzlich kicherte er und BUMM: Er ließ einen fahren, sodass die Töpfe auf dem Ofen hochhüpften.
„Stanja, hörst du, wie die Vögelchen im Garten zwitschern?", sagte er.
„Oh, Gott!", brüllte meine Mutter. „Wieder daheim!" Mein Vater lief kichernd auf den Balkon. Meine Mutter drehte sich zu mir und sagte: „Wenn du das bei deiner Zukünftigen machst, enterbe ich dich, klar?" Dann klebte sie mir eine Ohrfeige, damit ich's mir gut merkte.

Das Scheitern vor dem Ziel

František war der beste Malermeister in Schamberg. Nur ging um ihn das Gerücht, bei jedem Malerauftrag würde er ein Stück Wand ungestrichen lassen. Deswegen hat meine Mutter die Flasche Sliwowitz zunächst im Keller versteckt, mit der sie nach getaner Arbeit František bewirten wollte.
František strich tadellos und wie ein Blitz die Innenwände unseres Hauses. Am Nachmittag war alles fertig, nur noch die Toilette musste gestrichen werden: „Mach Pause", sagte meine Mutter zu František. „Ich habe im Garten ein paar Wurstbrote zubereitet."
František verputzte vier Wurstbrote, sah meine Mutter an, hob bedeutend seine Augenbrauen und sagte: „Ich habe Durscht, Staňa!"
Meine Mutter zeigte auf eine Karaffe mit Wasser. Fassungslos starrte František sie an: „Von Wasser rostet das Rohr!"
Meine Mutter seufzte und brachte aus dem Keller zwei Flaschen des schwachen 10-Grad-Biers.
Ich hockte auf unserer Gartenbank mit einer Schüssel Kirschen auf den Knien. Fasziniert sah ich František zu, wie er eine der Flaschen mit den Zähnen aufmachte, denn billige Plastikfeuerzeuge, mit denen richtige Männer im Westen ihre Bierflaschen öffneten, gab's damals im Sozialismus nicht, nur Streichhölzer. BLOPP!
František nahm einen tiefen Schluck und rülpste. Meine Mutter errötete: „Bei deinen Manieren wundere ich mich nicht, dass du immer noch allein lebst."
František lachte: „Ich halte es mit unserem Philosophen Vladimír Renčín, der sagte: ‚Marie! Du bist eine so wunderbare Frau. Schade, dass ich vor dir dem Bier begegnet bin.'"

„Die Toilettenwände streichst du aber schon, oder?", fragte meine Mutter besorgt.
„Selbstverständlich streiche ich das Klo", sagte František und machte die zweite Bierflasche auf.
Meine Mutter blühte erst wieder richtig auf, als František das Bier austrank und endlich aufstand. Doch in diesem Moment tauchte mein Vater auf. Heute war er etwas früher aus der Arbeit gekommen. Als ein alter Kommunist hatte er gewusst, wenn ein Handwerker im Haus war, durfte auch er seinem Werk, dem sozialistischen Staat, etwas Alkoholsteuer zuführen.
Klar hatte mein Vater den Umweg über den Keller genommen. In der Linken trug er zwei Flaschen Bier, in der Rechten den Sliwowitz. „Hast du František auch ordentlich bewirtet?", fragte er meine Mutter. Františeks Augen leuchteten auf. Meine Mama schnappte vor Schock nach Luft. „Die Toilettenwände sind noch nicht gestrichen", sagte sie.
Doch mein Vater winkte nur ab: „Ein Klo ist für František ein Klacks!" Meiner Mutter blieb nichts anderes übrig als Schnapsgläser zu holen.
Ich vergesse nie das Bild, das sich uns bot, nachdem die Flasche Sliwowitz leer war. Mit zwei bis zum Rand vollen Eimern Farbe rannte František schwankend ins Haus – wie ein Seiltänzer: „Gleich schaut euer Klo wie der Winterpalast in St. Petersburg aus!", brüllte er. „Und dann tanzen wir zusammen, Stanja!" Mein Vater schnarchte schon auf dem Sofa im Wohnzimmer.
BUMM! PLANSCH!, und „verhurte Arbeit", hallte es kurz darauf aus dem kleinen Toilettenfenster in den Garten. Meine Mutter und ich liefen ins Haus.
Im Toilettenzimmer stand František ganzkörperlich geweißelt, mit jedem Fuß in einem Eimer mit Farbe. Er war von seiner Doppelleiter direkt in die Eimer gestürzt.
Die Farbe hatte die Kloschüssel, den Heizkörper, sogar das Fenster bespritzt, nur die Wände sahen nicht geweißelt aus.

František versuchte aus den Eimern zu steigen, rutschte aus und kippte mit beiden Eimern um. PATSCH!
„Jetzt schaut unsere Toilette tatsächlich wie der Winterpalast aus“, sagte meine Mutter. „Nachdem ihn die Bolschewiki gestürmt haben.“
Wir schleppten František in den Garten. Er zog eine breite weiße Spur hinter uns. Sofort als wir ihn auf die Bank legten, begann er zu schnarchen.
„Das ist ein bekanntes Phänomen aus der Männerpsychologie“, sagte meine Mutter zu mir als Belehrung und Erklärung. „Das Scheitern vor dem Ziel.“
Meine Mutter und ich versuchten, den Toilettenboden und die Toilettenausstattung von der weißen Farbe zu befreien. Die Toilettenwände hat meine Mutter allein streichen müssen. Ich wollte ihr helfen, doch sie guckte mich lange an und sagte dann: „Besser nicht, Jarek. Heute haben Männer schon genug Schaden angerichtet.“

Unter den Blicken der Ladenmädchen

Bis zu meinem zwölften Lebensjahr war ich mit meiner Mutter überall unterwegs. Ich freute mich, wenn sie den Nachbarinnen etwas über mich erzählte:
„Jarek hat im Garten einen Ameisen-Tierpark gebaut, Soňa. Wir basteln am Kommunismus, sollten uns aber an den Ameisen ein Vorbild nehmen. Sie haben das klügste und am weitesten entwickelte Gesellschaftssystem der Welt."
„Wirklich?", sagte Soňa. „Was kann schon bei den Ameisen anders laufen?"
„Die männlichen Ameisen haben eine einzige Aufgabe: die Königin zu begatten", sagte meine Mutter. „Danach werden sie von den Arbeiterinnen gefressen."
„Super", sagte Soňa.
Die Kunde von meiner Forschung ging dank meiner Mama durch die Welt. Eine PR-Abteilung von dieser Schlagkraft war der Traum jedes jungen Forschers. Meine Mutter wurde öfter angeklickt als heute der YouTube-Kanal von Dagi Bee, nur hatte meine Mutter viel mehr zu sagen.
Leider hielt sie nichts vom Datenschutz. Als sie mir einen Anzug kaufen wollte, erklärte sie den jungen Verkäuferinnen gleich beim Eintritt ins Geschäft, wie es zur Zeit um meinen Körper stehe.
„Was soll ich mit ihm machen?", rief sie, „seine Beine wachsen viel schneller als sein Rumpf!"
Ich drehte mich um und versuchte unauffällig, aus dem Laden zu kommen.
„Jarek! Komm her! Zeig dich den Mädchen!" Ich kam zurück, rot wie ein Radieschen. Doch nicht mal bei Rot machte meine Mutter halt. Sie war ja mit einem Kommunisten verheiratet.

„Was machen wir damit?“, rief sie und versuchte, mir die Jacke runterzureißen, damit mich die Ladenmädchen besser begutachten konnten. Das taten sie auch.
Marie kam angelaufen, die hübscheste Auszubildende der ganzen Milchstraße, in die ich heimlich unsterblich verliebt war. Genauso wie in die Sängerin Helena Vondráčková und zwei Nachbarinnen.
Nur zwei Jahre älter als ich war Marie. Ihr Grinsen machte sie aber zehn Jahre erfahrener. Eine andere junge Verkäuferin kicherte laut. „Dafür hängt bei ihm die Schulter nicht“, sagte Marie.
„Bei ihm hängen andere Sachen“, sagte meine Mutter. Jetzt lachten alle.
Damals begriff ich, warum Frauen auch Jungen in die Welt setzen.

Die Ichliebedichzusagenphobie

Mit 14 habe ich mich in Anna aus unserer Straße verliebt. „Wir gingen zusammen, nur wusste sie nichts davon“, sagt der tschechische Volksmund. Genauso war's auch bei uns.
„Ich liebe dich!“ Ein Satz aus drei Wörtern, im Tschechischen sogar nur aus zwei („Miluji Tě!“), doch schwieriger auszusprechen als „Hippopotomonstrosesquippedaliophobie“.
Eigentlich hätten die Mädchen ganz gut erkennen können, wenn wir Jungs in sie verliebt waren: weil wir uns plötzlich ganz komisch verhielten. Als Anna und ich uns einmal in unserem Städtchen begegneten und sie mich ansprach, rief ich „Da kommt meine Straßenbahn!“ und trabte davon, obwohl es bei uns im Städtchen keine Straßenbahn gab.
Eine Woche später kam ich heim und hörte weibliche Stimmen aus der Küche. Das war nicht ungewöhnlich bei den vielen Freundinnen meiner Mutter, doch diesmal hockte in unserer Küche die schönste aller Nachbarinnen: Annas Stimme erkannte ich sofort. Wohl hatte Annas Mutter Anna geschickt, um etwas zum Kochen zu holen. Im Sozialismus waren wir ständig am Ausleihen von Sachen. Weil Karl Marx die kapitalistische Überproduktion kritisiert hatte, hielt man sich im Sozialismus an die Unterproduktion.
Ha! Anna! Was jetzt? Klar! Flucht antreten! Was sonst? Ich drehte mich um, doch da ging die Küchentür auf, und meine Mutter rief: „Jarek! Anna ist da! Komm rein!“
Und schon hatte meine Mutter sich wieder zu Anna gedreht: „Du kannst dir sicher nicht vorstellen, Anna, was für ein Schürzenjäger Jarek früher mal war. Er hat eine kurze Latzhose mit einer Ente auf dem Latz getragen und damit die Mädchen betört. Alle wollten den kleinen Herzensbrecher beschützen.“

„Ich habe nie ’ne Latzhose getragen!“, brüllte ich. „Und mit ’ner Ente schon überhaupt nicht!“
„Doch, doch!“, rief meine Mutter und lief ins Wohnzimmer. Was hatte sie vor?
Anna und ich starrten uns an. Mein Gehirn ratterte: RATTER, RATTER: „Sag ’nen coolen Spruch, Mann! Sag ’nen coolen Spruch! …“
Zum Glück tauchte ungewöhnlich schnell der coole Spruch in meinem Kopf auf:
„Wie stehst du zum Warschauer Vertrag über Freundschaft, Zusammenarbeit und gegenseitigen Beistand?“, fragte ich Anna. Jetzt starrte sie mich an. Wie ein richtiger Mann von Welt legte ich nach:
„Magst du Hühner?“
„Oh, ja“, sagte Anna. „Ich soll bei euch Eier holen.“ Hey, Alter! Volltreffer!
„Zuerst zeige ich dir etwas“, hörten wir aber meine Mutter wieder. Mit ihrem Fotoalbum in der Hand rauschte sie in die Küche. Oh, Gott!
Als Anna mein Foto mit der Latzhose und der Ente auf dem Latz sah, fing sie an zu kichern, und sie kicherte bis zum Ende ihres Besuchs. Nicht einmal die Hühner konnten Annas Kichern davongackern, als wir die Eier im Hühnerstall holten. Ich langte in die Nester und reichte Anna ein Ei nach dem anderen. „Soll ich eine Tasche holen?“
Doch Anna schürzte ihren Rock und legte die Eier in die so entstandene Tasche. „Sie sind noch warm“, sagte sie und kicherte weiter.
In der Woche darauf ging Anna ins Kino – leider mit meinem Klassenkameraden Emil.
Das Foto mit der Latzhose und der Ente habe ich damals vernichtet, doch letztes Jahr im Fotoalbum meiner Schwester wiedergefunden. Keine Ahnung, warum ich damals deswegen so viel Stress gemacht habe. Mit der Ente auf dem Latz sehe ich doch ganz schön schnucklig aus.

Das Geschlechtsleben der Revolutionäre

Mein Vater war Steinbrucharbeiter, Kommunist, Soldat, Widerstandskämpfer – es war kein Honiglecken, sich bei diesem Helden als Sohn und Mann zu behaupten.
Meine Mutter war katholisch. Klar hatte sie sich durchgesetzt und meine Schwester und mich taufen lassen, als wir auf die Welt kamen. Mein Vater sah zwar die Religion als Opium fürs Volk an, von der führenden Rolle der Partei durfte er aber nur auf seinen kommunistischen Meetings schwärmen, zu Hause herrschte meine Mutter.
Im großen Glasschrank in unserem Wohnzimmer gab es eine lange Reihe der gesammelten Werke von Marx, Engels und Lenin. Gleich daneben hatte meine Mutter einen vergoldeten Glaskelch aus nordböhmischen Glasmanufakturen gestellt. Aus dem Kelch ragte das Bild vom Lieblingsheiligen meiner Mutter, Antonius. Streng sah der heilige Antonius jeden an, der nach Marx, Engels oder Lenin greifen wollte.
Sicher hatte mein Vater arg Lust, dem Heiligen Antonius ins Gesicht zu spucken, wenn er eins seiner Lieblingsbücher holte, doch traute er sich nie. Bis er eines Tages eine Revolution anzettelte:
Meine zweitjüngste Schwester wollte in der Kirche heiraten. Die Familie meines zukünftigen Schwagers war katholisch. Mein Vater lehnte es aber kategorisch ab, die Kirche zu betreten, und wartete auf die Hochzeitsgäste vor dem Gotteshaus. Nach der Trauung kam meine Mutter aus der Kirche heraus: „Bist du jetzt glücklich?“, fragte sie meinen Vater.
In der Nacht traf ich meinen Vater im Flur, wie er sein Bettzeug aus dem Schlafzimmer auf das Sofa in der Küche schleppte.

Zwei Jahre später heiratete meine jüngste Schwester. Mein Vater kam in die Kirche mit: Was ist schon die Revolution gegen den Geschlechtstrieb?

Drei Orangen für dich

Im Sozialismus waren Orangen wie alle Früchte, bis auf Äpfel, Mangelware. Noch seltener als Klopapier. Orangen gab's höchstens vor Weihnachten.

Das ganze Jahr hindurch freuten wir Kinder uns auf den Dezember. Wenn am Nikolaustag im Strumpf eine Orange auftauchte, warst du ein Kapitalist und Luxusschlemmer und konntest vor dem ganzen Dorf angeben.

Mit fünfzehn bin ich bei einem Fußballspiel gegen die Senioren unseres Vereins mit dem Traktoristen Pepa zusammengestoßen. Danach verspürte ich links im Bauch Schmerzen. Um die Schmerzen zu vertreiben, holte ich zu Hause meine kleinen Hanteln aus dem Keller und trainierte damit die Bauchmuskulatur.

„Du hast doch Fußball gespielt?“, sagte meine Mutter. „Genug Sport für heute!“

„Nach einer Stunde kam ich zu ihr ins Wohnzimmer und sagte: „Mama! Ich bin beim Fußball mit dem Bullen Pepa zusammengestoßen und pinkle jetzt Blut.“

Meine Mutter sprang auf. „Und da hast du mit Gewichten trainiert, du Idiot?“

„Ich wollte damit die Schmerzen vertreiben.“

Meine Mutter starrte mich fassungslos an, schüttelte den Kopf und lief zu Nachbarn, um einen Krankenwagen zu rufen.

Doch der Aufenthalt im Krankenhaus stellte sich als Glücksfall heraus: Bárka, ein Mädchen, das auf ihre Nierenoperation wartete, hat mich geküsst. Huch! Der erste richtige Kuss im Leben.

Doch es sollte noch paradiesischer werden. Meine Mutter brachte mir ins Krankenhaus drei Orangen. Wie drei Sonnen strahlten die Früchte auf meinem Blechnachttisch. Den Rest des Tages hockte ich auf dem Bett und ließ mich von ihnen blenden.

Diese heiligen Orangen konnte ich nicht einfach wegfuttern. Das wäre zu gewöhnlich, ja, dumm. Mit diesen Orangen musste ich ein Fest feiern. Mit Bárka zusammen. Nach ihrer Operation am nächsten Tag würden wir die Orangen zu zweit verspeisen. Das versprachen wir uns feierlich.

Doch am Nachmittag nach Bárkas OP-Termin lag in ihrem Bett eine vollschlanke Schauspielerin, und ich hatte Angst zu fragen, wo Bárka geblieben war.

Welche Opferhandlung konnte ich nur mit diesen drei Orangen durchführen, um Bárka herbeizubeschwören?, fragte ich mich. Und da bekam ich die Idee:

Ich würde mit den Orangen jonglieren lernen. Sich das Jonglieren beizubringen erforderte doch viel mehr Einsatz als ein Huhn zu opfern. Nach meiner Jonglier-Opfergabe würde Bárka auftauchen und wir würden die Früchte feierlich zusammen verspeisen.

Ohne Anleitung lernte ich ein paar Tage lang mit drei Orangen eine Kaskade zu jonglieren. Nur wusste ich nicht, dass es die Kaskade war. YouTube gab's damals nicht, nicht einmal Computer gab es. Ich musste nun mal versuchen, drei Orangen in der Luft zu halten. Irgendwie. Jedes Mal, wenn ich in der Früh die Orangen in die Hände nahm, lief mir das Wasser im Mund zusammen. Dann dachte ich an Bárka und widerstand der Versuchung.

Nach fünf Tagen konnte ich jonglieren. Doch Bárka tauchte nicht mehr auf. So stellte ich fest, dass Opfer zu bringen nichts bringt.

Ich musste die Orangen auch für Bárka verspeisen: Das Fest der Apfelsinen brach an. Als ich die erste schälen wollte, kam meine Mutter zu Besuch. „Du hast die Orangen noch nicht gegessen, Jarek? Die haben uns ordentlich viel Geld gekostet. Warte mal! Ich schäle sie.“

Meine Mutter schaute ganz schön dumm, als sie die erste Orange aufmachte: „Pfuiteufel! Was ist das? Das stinkt eklig!“ Das Fruchtfleisch der Orangen war durch das ständige Aufschlagen beim Jonglieren zum stinkenden braunen Batz geworden.

Meine Mutter lief nach draußen, entsorgte die Orangen in die Mülltonne und kam zurück: „Was hast du damit gemacht?“, fragte sie.

„Jonglieren gelernt.“

Wieder mal sah meine Mutter mich fassungslos an: „Ich dachte, ich bin die Verrückteste in der Familie“, sagte sie. „Du toppst aber alle.“

Ein paar Tage vor Nikolaus kam ich aus dem Krankenhaus heim. Am Nikolaustag schnürte ich langsam meinen Nikolaus-Strumpf auf, er war ziemlich schwer. Vielleicht hatte mir meine Mutter Kohlrabi in den Strumpf getan, da ich sie mit den Orangen so wütend gemacht hatte.

Im Strumpf lagen drei Mandarinen. Ich aß sie zusammen mit Bárka! Denn jeder Mensch, den du mal gemocht hast, bleibt für immer bei dir.

Dann bastelte ich mir aus alten Strümpfen und Reis drei kleine Bälle und lernte neue Jongliertricks.

Der Held im Manne

Mein Onkel war ein leidenschaftlicher Angler. Er schenkte uns einen lebendigen Karpfen. Wir warfen den Karpfen in die Badewanne und badeten nicht mehr.

„Ich verstehe nicht, wieso ich als Frau ständig all diese Tiere allein schlachten muss, wenn ich zu Hause zwei Männer habe!", sagte meine Mutter nach ein paar Tagen. „Heute bringt ihr das arme Vieh um." Sie lief aus dem Haus, um eine Nachbarin zu besuchen.

Mein Vater reichte mir Mutters großen Fleischklopfer, holte den Karpfen in einer Plastikschüssel aus der Badewanne, packte ihn in ein Geschirrtuch, hielt ihn fest auf dem Küchentisch, schloss die Augen und brüllte: „Hau dem Schwein auf den Kopf!"

„Das ist doch kein Schwein!", jammerte ich. „Das ist ein Fisch! … Kannst du's nicht machen? Du warst doch bei den Partisanen im Krieg."

„Da haben wir immer eine Flasche Wodka getrunken, bevor wir in die Schlacht gezogen sind", sagte mein Vater.

„Dann trink was!", sagte ich.

„Gute Idee!", sagte mein Vater. Er warf den Karpfen wieder in seine Plastikschüssel und holte eine Flasche Wodka. Er schenkte sich ein Viertelliter-Senfglas ein, trank den Wodka in einem Zug, machte „haaach!", riss dem Karpfen den Kopf ab …

... ach, Quatsch, das habe ich mir jetzt ausgedacht. Er packte den Karpfen wieder in ein Geschirrtuch und brüllte:

„Hau dem Schwein auf den Kopf!"

„Hätte dann nicht ich den Wodka trinken sollen?", jammerte ich.

„Halt's Maul!", brüllte mein Vater, jetzt plötzlich mutig. „Hau dem Schwein auf den Kopf! Dem Scheißnazi!" Als Ex-Partisan musste er Hassgefühle gegen Nazis entwickeln, bevor er töten konnte.
„Ich treffe ihn nicht!", brüllte ich.
„Schlag zu!", brüllte mein Vater.
„Nein!", plärrte ich. „Ich treffe ihn nicht!"
„Schlag zu!", brüllte mein Vater. „Sonst gibt's zwei Wochen Hausarrest."
So schlug ich aus aller Kraft zu und erwischte meinen Vater an seinem nackten Unterarm. Er heulte auf. Vor Schreck hüpfte der Karpfen in seine Wasserschüssel zurück. Auf Vaters Arm schoss eine große blaue Beule hervor.
Nachdem mein Vater an mir mit seinem Gürtel seine Erziehungspflicht unter Beweis gestellt hatte, trugen wir den Karpfen hinter die letzten Häuser unseres Städtchens und warfen ihn in den Gemeindeteich.
Als meine Mutter von der Nachbarin zurückkam, schnupperte sie an meinem Vater: „Bist du besoffen?", fragte sie.
Während mein Vater überlegte, wie er diese üble Unterstellung entkräften sollte, machte meine Mutter den Kühlschrank auf: „Wo ist der Karpfen?"
„Abgehauen!", sagte mein Vater.
„Wie, abgehauen?"
„Wir hatten den Karpfen nur kurz hier auf dem Tisch allein gelassen", sagte er. „Und als wir zurückkamen, war er weg."
„Ich habe gelesen, dass Fische auf dem Trockenen sich sehr schnell fortbewegen können", sagte ich.
„Heiliger Antonius!", sagte meine Mutter. „Warum strafst du mich so?"

Überraschung

Am 8. März 1972 kam mein Vater erst am Abend und völlig besoffen von der Arbeit nach Hause.
„Wo warst du?“, brüllte meine Mutter, doch mein Vater war so dicht, dass er kein Wort mehr rausbringen konnte.
Er torkelte mit seiner Aktentasche in der Hand im Vorzimmer herum, verlor das Gleichgewicht, stürzte zu Boden, wollte sich aber gleich wieder aufrappeln.
Ganz hoch kam er nicht, so kniete er sich hin und versuchte, seine Aktentasche aufzumachen. Meine Mutter, meine Schwester und ich starrten ihn an. Würde er daraus eine Flasche fischen, um sich den Rest zu geben?
Doch mein Vater holte aus der Tasche eine etwas zerknitterte Rose, reichte sie kniend meiner Mutter und lallte endlich:
„Alles Gute zum Internationalen Frauentag, Stáňa!“
Meine Mutter stand da, starrte ihn nur an, wohl zum ersten Mal im Leben sprachlos geworden. Plötzlich lächelte sie.

Wenn Frauen sich messen

Als ich etwa sechzehn war, kriselte es plötzlich zwischen meiner Mutter und meinem Vater: Jeden Tag gab es Streitereien. Bis dahin hatten sie ein erfülltes Familienleben geführt. Nach der Arbeit und dem Abendessen hockten sie beide einträchtig vor dem Fernsehgerät und kämpften mit Kaffee und Zigaretten gegen den Schlaf an, in den unsere zwei sozialistischen Fernsehprogramme sie zu wiegen versuchten: Im Sommer mit dem Kampf ums Korn und gegen das Wetter, im Winter mit dem Kampf um Kohle und Stahl und gegen das Wetter. Punkt 23 Uhr lagen sie im Bett und freuten sich auf die Fernsehabenteuer des nächsten Abends.

Doch plötzlich war alles anders: Meine Mutter saß allein in ihrem Sessel im Wohnzimmer, mein Vater in der Kneipe am Fluss, wo eine sehr hübsche Nachbarin im besten Alter bediente, also um die fünfzig. Nennen wir sie aus Datenschutzgründen Frau Slavíková, auf Deutsch also Frau Nachtigall, mit dem unvermeidlichen Namenszusatz „ová", durch den du im Tschechischen jede Frau sofort erkennst, auch wenn sie ihren Namen am Telefon wie ein Nilpferd röhrt. Bald zählte meine Mutter eins und eins zusammen: Sie begann sich zu fragen, ob Frau Nachtigall ihre schönen Lieder nicht meinem Vater ins Ohr zwitscherte.

Eines Nachmittags schälte meine Mutter auf der Terrasse Kartoffeln zum Abendessen. Von dort aus konnte sie die Nachbarinnen zu Tode quatschen, wenn sie an unserem Haus vorbei in die Stadt laufen mussten. Im Winter stampften manche Nachbarinnen in die Stadt durch die Schneewehen am Wald, um meine Mutter zu meiden.

Beim Kochen spähte meine Mutter durchs Küchenfenster, und wenn sie auf der Straße eine Nachbarin entdeckte, lief sie sofort auf die Terrasse.
An diesem Tag strahlte die Sonne, meine Mutter hockte praktischerweise direkt auf der Terrasse und schälte Kartoffeln.
Ich kam in die Küche und sah sie durchs Fenster. Vorsichtshalber grüßte ich sie nicht, um nicht die restlichen Kartoffeln schälen zu müssen.
Leise legte ich mich mit *Die Abenteuer des guten Soldaten Švejk im Weltkrieg* aufs Küchensofa, doch gleich jagte mich ein von der Terrasse kommendes Gebrüll zum Küchenfenster.
„Du Nutte, du!“, brüllte meine Mutter die Kneipenwirtin Frau Nachtigall an, die sich an unserem Haus in die Arbeit hatte vorbeischleichen wollen.
Doch das war nicht alles: Noch nie hatte ich von meiner Mutter solche Ausdrücke gehört – ein verbaler Schwarm an Geschlechtsorganen und Körperausgängen flog durch die Luft. Meine Mutter machte die Nachtigall zur Sau. Und das aufs Gröbste. Fleißig schrieb ich alle Ausdrücke auf, um sie später zu lernen. Eine solche Ballung an Bildung und Wortschatz bekommst du nicht jeden Tag geschenkt.
Natürlich flüchtete Frau Nachtigall schon bei Mutters erstem Kampfschrei, sie flitzte unsere Straße runter wie der Marathonläufer Emil Zatopek.
Meine Mutter brüllte ihr nach: „Du dreckiges Fickluder! Wenn du meinem Mann noch einmal näherkommst, reiße ich dir ...“ Hmmm ... jetzt habe ich tatsächlich den Schluss ihres letzten Satzes vergessen.
Das war für mich auch höchste Zeit zu verschwinden, wenn ich von meiner Mutter nicht ein paar heftige Ohrfeigen verpasst bekommen wollte, weil ich mir all diese schlimmen Ausdrücke angehört hatte.
Einen Scheidungsrichter hat es damals im sozialistischen Dorf nicht gebraucht, weil Frauen Eheangelegenheiten mit der ihnen eigenen Diplomatie selbst geregelt haben. Mein Vater

bekam in der Kneipe am Fluss Hausverbot. Ich durfte zwar weiter dort verkehren, sollte aber von der Nachtigall kein Bier mehr kriegen.
Wenn meine Mutter zu allem Überfluss noch rausbekommen hätte, dass die Nachtigall mir trotz meiner fünfzehn Jahre Bier ausschenkte, hätte sie die hübsche Wirtin sicher kalt gemacht.

Das Raucher-Dilemma

Mitte der 70er musste ich meine Mutter in die Klinik unserer Kreisstadt Frýdek-Místek begleiten.
„Ich rauche im Hof eine“, sagte sie im überfüllten Wartezimmer. „Komisch, dass man heutzutage nicht einmal im Wartezimmer beim Arzt rauchen darf. Der Sozialismus geht den Bach runter.“
Sie wühlte in ihrer Handtasche. „Mist! Ich habe meine Zigaretten zu Hause vergessen. Hast du eine für mich?“
Ich gab ihr eine Zigarette. „Danke“, sagte meine Mutter, ließ sich von mir Feuer geben, zog gierig den Rauch ein und knallte mir eine Ohrfeige.
„Wofür, Mama?“, rief ich.
„Weil du rauchst”, sagte sie. „Du bist erst fünfzehn!“

Solange die Sprache lebt, ist der Mensch nicht tot

Im sozialistischen Ostrava bekam unsere 12. Klasse der Chemie-Gewerbe-Schule eine ganz junge Lehrerin. Sie hatte in Moskau studiert und ließ sich von den anderen Lehrern Pascha nennen, weil Pascha sehr russisch klang. Ursprünglich hatte Pascha tschechisch Pavla (Paula) geheißen. Jetzt brachte sie uns sozialistische Bürgerkunde und Russisch bei.

„An den meisten Errungenschaften der Technik sollten diese Worte stehen: ‚Erfunden in Russland'", sagte Pascha im Unterricht. „Wo kann man erfahren, dass die Dampfmaschine von dem Russen Polzunov entwickelt wurde? Sechzehn Jahre vor James Watt! In den kapitalistischen Ländern verheimlicht man die Namen großer russischer Forscher und Erfinder. Das Radio wurde von dem russischen Gelehrten Popov erfunden. Diese Erfindung hat ihm aber der Italiener Marconi gestohlen. Obwohl die Glühbirne vom russischen Ingenieur Lodygin erfunden wurde, hat sich der Amerikaner Thomas Edison schamlos das Erfinderrecht angeeignet."

„Nieder mit dem Kapitalismus!", schrie unser Mitschüler, der Parteikandidat Holík.

„Über solche Ungerechtigkeit lacht aber der Sowjetmensch nur", sagte Pascha. „In der Sowjetunion gibt es die lustigsten Witze der Welt. Kennt jemand von euch einen sowjetischen Witz?"

Selbstverständlich habe ich mich als der Witzexperte schlechthin sofort gemeldet.

„Du solltest zuerst zum Friseur gehen, Konečný", sagte Pascha. „Solch langes Haar trägt in der Sowjetunion niemand." Weil kein Mitschüler einen sowjetischen Witz kannte, erlaubte sie mir dann doch, meinen zu erzählen:

„Da fragt ein Amerikaner einen Russen: ‚Habt ihr die Mondlandung schon aufgegeben?‘
‚Nö!‘, sagt der Russe. ‚Wir wollen aber zuerst die Sonne erobern!‘
‚Das ist nicht dein Ernst, oder?‘, sagt der Amerikaner. ‚Die Rakete wird doch unterwegs verdampfen.‘
‚Das ist eben der Trick dabei‘, sagt der Russe. ‚Unsere Kosmonauten wollen dort in der Nacht landen.‘“
Die ganze Klasse lachte. Nur Pascha nicht. Ich bekam einen Eintrag ins Schülerbuch, was damals einem Verweis glich. Meine Mutter sollte in die Schule kommen.
Am nächsten Tag wartete ich auf meine Mutter in Ostrava vor meiner Schule. Sie schnorrte von mir wieder mal eine Zigarette und rauchte sie mit ein paar gewaltigen Zügen weg. Dann ging ich mit ihr zu Pascha. Da ich vor dem Lehrerzimmer wartete, weiß ich nicht, was die beiden besprochen haben. Nur das Ende bekam ich mit: Die Tür ging auf, Pascha begleitete meine Mutter hinaus.
„Ihr Sohn muss unbedingt jeden Tag Russisch lernen“, sagte sie zu meiner Mutter. „Er hat in Russisch eine Vier.“
Als Begründung für die Wichtigkeit der Weltsprache Russisch erwartete ich von Pascha sowjetische Propaganda, doch zahm wie ein Lämmchen fügte Pascha ein tschechisches Sprichwort hinzu: „Wie viele Sprachen du sprichst, sooft mal bist du Mensch.“
Das beantwortete meine Mutter mit einer ihrer eigenen Weisheiten: „Solange die Sprache lebt, ist der Mensch nicht tot.“ Sie ließ Pascha an dieser Weisheit knabbernd verdutzt in der Tür stehen.
„Wie könnt ihr dieses blöde, substanzlose Gelaber überhaupt ertragen?“, fragte meine Mutter mich draußen vor der Schule. „Ich bin davon ganz durstig geworden. Komm, wir trinken ein Bier.“
„Ich darf noch kein Bier trinken, Mama“, sagte ich. „Ich bin noch nicht achtzehn.“

„Wann bist du achtzehn?“
„Das fragst du mich als meine Mutter?“
„Na, bei vier Kindern ist es nicht einfach, sich diese ganzen Jahre zu merken.“
„Ich bin in vier Monaten achtzehn.“
„Hiermit erlaube ich dir als deine Mutter, Bier zu trinken. Hast du Geld? Ich habe meinen Geldbeutel zu Hause vergessen. Aber nur eins. Du bist noch nicht achtzehn.“

Harte Männer

Hin und wieder ging meine Mutter sonntags in den Garten, um das Suppenhuhn fürs Mittagessen zu köpfen. An diesem Sonntag hockte ich mit meinem Vater im Wohnzimmer und schaute ein Eishockeyspiel.

„Warum schlachtest nicht du die Hühner?“, fragte ich ihn. „Kannst du kein Blut sehen?“ In der Pubertät habe ich ihn gern provoziert.

„Ich kann dir eins auf die Nase geben, dann weißt du gleich, dass ich sehr wohl Blut sehen kann“, sagte mein Vater. „Ein Mann fürchtet nichts! Nur hat deine Mutter ein besseres Auge für solche Sachen.“

Plötzlich hörten wir ein wahnsinnig lautes Gackern aus dem Garten, und BUMM – ein Schlag mit der Axt in den Hackklotz. Dann brüllte meine Mutter.

Was war da los? Plötzlich schoss ein Huhn ohne Kopf durchs Wohnzimmerfenster zu meinem Vater und mir herein. Aus seinem Halsstumpf spritzte Blut. Das Huhn prallte gegen die Wand, hinterließ dort ein abstraktes Gemälde wie von Kandinsky, stürzte zu Boden und blieb endlich leblos liegen. Mit aufgerissenen Augen verfolgte mein Vater das Schauspiel, doch plötzlich trübten sich seine Augen. Sehr langsam sackte er im Sessel immer mehr nach vorn, bis er runterkippte, auf den Teppich, wo er ohnmächtig liegen blieb. Fasziniert starrte ich ihn an. Ich wollte zu ihm springen, da flog die Wohnzimmertür auf, meine Mutter stürzte mit dem blutigen Beil in der Rechten herein. In ihrer Linken hielt sie einen Hühnerkopf.

„Wo ist der Vogel?“, brüllte sie. Dann sah sie meinen ohnmächtigen Vater. „Männer!“, sagte sie und fing an, ihn wiederzubeleben.

Der Walzerkönig oder Die Geschichte eines Fotos

Obwohl mein Vater schon vor dem Zweiten Weltkrieg Kommunist war, hat er den Sozialismus gründlich missverstanden. An materiellen Gütern besaß er nur ein Fahrrad, das ihm die Gewerkschaft zu seinem 50. Geburtstag geschenkt hatte.
Für alle anderen war der Sozialismus ein Selbstbedienungsladen, der uns allen gehörte. Jeder Nachbar in unserer Straße hortete im Keller und auf dem Dachboden eine halbe Fabrik. Beim Spielen in Häusern meiner Freunde konnte ich die Schätze bewundern.
Bei einem Nachbarn waren auf dem Dachboden Ersatzteile für drei Lastwagen gestapelt, ein anderer hatte in der Garage eine Turbine. Wie der Nachbar die Turbine im Sozialismus zu Geld machen wollte, ist mir bis jetzt nicht klar. Vermutlich hatte er die Turbine in seiner Fabrik nur aus Prinzip geklaut: damit die Turbine nicht von jemandem anderen geklaut werden würde.
Wegen Vaters Standhaftigkeit gab es bei uns zu Hause nie Geld. Als ich mit fünfzehn ins Kino gehen wollte, sagte mein Vater, er sei im Kino zum ersten Mal mit achtzehn gewesen. Die Krone dafür habe er sich schwer im Steinbruch verdient.
„Im Sozialismus kriegst du für eine Krone nur eine Kugel Eis, Papa", sagte ich. Ohne zu erwähnen, dass das sozialistische Eis ungenießbar war.
„Wenn du nicht die kapitalistische Propaganda unterlässt, kriegst du statt einer Krone fürs Kino eins aufs Maul", sagte mein Vater. Als ehemaliger Partisan und Widerstandskämpfer gegen die Nazis war er an schnelle Lösungen mit viel Körpereinsatz gewöhnt.
Nun hatte meine Mutter mich für einen Tanzkurs eingeschrieben, für den ich einen Anzug brauchte. Ein Drama war es,

die fünfhundert Kronen für den Anzug aufzutreiben. Doch meine Mutter schaffte es irgendwie.
Blöderweise wollte mich zum ersten Tanzabend ein Freund auf seinem Motorrad fahren. Vom Biergarten unten am Fluss. Ich hievte mich hinter ihn auf den Motorradsitz. Von den Biergartentischen aus beguckten uns Mädchen.
Um vor den Mädchen anzugeben, ließ mein Freund recht schnell die Kupplung los und gab Gas. Bei dieser Beschleunigung schoss das Vorderrad hoch, und wir auf dem Hinterrad aus dem Biergarten hinaus.
Zwei, drei Sekunden lang schaffte ich es, mich auf dem Sitz zu halten, doch mein Freund drehte den Gasdrehgriff bis zum Anschlag. Der Motorradsitz flog mir davon, ich auf die Straße. Dann jagte ich dem Motorrad auch gut beschleunigt auf allen Vieren nach.
Doch bei dieser Geschwindigkeit schaffte ich es nur ein paar Schritte lang, mich auf Händen und Füßen zu halten. Die Beine und Arme gaben nach, ich stürzte auf die Knie und Ellbogen und robbte so lichtgeschwind weiter, bis an den Knien und Ellbogen kein Stoff des neuen Anzugs mehr übrigblieb, sondern nur noch blutige Hautfetzen. Der neue Anzug war hin.
Meine Mutter traute ihren Augen nicht, als ich so „von der Tanzschule“ nach Hause kam. „Da wird ziemlich wild getanzt“, sagte sie.
„Ich musste vor einem ausgerissenen Bullen davonlaufen“, sagte ich. Bis jetzt schäme ich mich, dass meine Mutter auch Geld für den zweiten Anzug aufgetrieben hat. Sie wollte unbedingt, dass ich, der Sohn eines armen Kommunisten, tanzen lernte.
Das schöne Foto von mir und meiner Tanzpartnerin vom Abschlussball würde sie sich an die Wand hängen und das bis in alle Ewigkeit vor Augen haben, den schönen Schein aus der Welt der Bourgeoisie: ihr Sohn als Salonlöwe!
So habe ich getanzt. Grandios habe ich getanzt! Allen Jungs tanzte ich davon, und Lisa, das schönste Mädchen im Tanz-

kurs, wählte mich zu ihrem Tanzpartner. Zusammen waren wir unschlagbar.
Beim Abschlussball wurden Lisa und ich zum Walzerkönigspaar der Tanzschule gewählt. Wie glücklich haben wir dem Fotografen beim Abschlussball posiert. Unser Foto würde um die Welt gehen, meine Mutter ihre Belohnung bekommen.
Zwei Wochen später kam das große Foto vom Fotografen – per Post. Damals hat es noch keine Digitalfotografie gegeben. Ein solches Foto war etwas Besonderes, ein wunderschönes Andenken für den Rest des Lebens. Ein Van Gogh für meine Mutter!
Voll freudiger Erwartung riss meine Mutter den großen Umschlag auf, nahm das Foto heraus, runzelte die Stirn und seufzte:
„Jarek! Jetzt hast du dich wirklich übertroffen. Dass du auf einem so wichtigen Foto wie ein Vollidiot ausschauen wirst, hätte ich mir schon denken können. Wie du aber das schönste Mädchen aus deiner Schule dazu bringen konntest, so deppert auszusehen, verstehe ich wirklich nicht."
„Mama! Ich kann doch nichts dafür, wie wir auf einem Foto aussehen!"
„Klar kannst du was dafür. Das ist doch dein Foto. Wer kann sonst was dafür? Der Bulle, wegen dem du deinen Anzug zerrissen hast? Der war im Tanzkurs nicht dabei! Ich habe in zwei Anzüge Geld investiert, um mir dann euer schönes Foto über das Bibliotheksregal im Wohnzimmer zu hängen. Und jetzt muss ich dort bis zum Ende meines Lebens die gesammelten Werke von Marx und Engels ansehen."
„Man weiß doch nie, wie man auf einem Foto aussehen wird", sagte ich.
„Ich weiß es immer", sagte meine Mutter. „Schau dir meine Fotos an. Ich sehe auf allen schön aus."
Mit meiner Mutter konntest du manchmal echt nicht diskutieren. Ich steckte das Foto unters Bett und ging in die Kneipe.
„Tanzen werde ich nie mehr im Leben." Das schwor ich mir.

Der Datenschutz im Sozialismus

Mit etwa siebzehn torkelte ich in der Nacht von einer Tanzparty betrunken nach Hause und überlegte, wie ich vor meiner Mutter meine Trunkenheit tarnen konnte. Sicher wartete sie auf mich, obwohl es schon zwei Uhr in der Nacht war. Deswegen ging ich durch den Keller, zu dem eine Hausseitentür führte. Und ich hatte Glück. Trotz Promille gelang es mir, unbemerkt mein Zimmer im ersten Stock zu erreichen. Doch plötzlich kriegte ich Hunger. Ein Stück Wurst wäre nicht schlecht. Ich schlich mich die Holztreppe hinunter, rutschte im Dunkeln aus und fuhr auf den vor kurzem lackierten Treppenbrettern wie ein Schlitten nach unten: „Uaaah!" Klar war meine Mutter schneller unter der Treppe, als ich mich dort hochrappeln konnte. „Hauche mich an!", brüllte sie.

„Ich habe 'ne Grippe!", schrie ich. „Ich will dich nicht anstecken!"

„Ich rieche deine Grippe, du Lump!", brüllte meine Mutter. „Du wächst für den Galgen! Ich sage deiner Freundin, dass du gesoffen hast."

In diesem Augenblick wurde mir trotz Trunkenheit klar, dass auf den Mann immer aufgepasst werden muss. Nur die Aufpasserinnen ändern sich.

„Gleich wenn Lucie morgen kommt, sage ich's ihr", rief meine Mutter.

„Hä? Woher weißt du, dass sie morgen kommt?"

Meine Mutter lachte: „Das hat sie doch in ihrem letzten Brief geschrieben!"

„Du liest meine Briefe?", kreischte ich.

„Klar lese ich deine Briefe. Ich bin deine Mutter."

„Das ist voll undemokratisch, Mama“, jammerte ich.
„Hähä! Was redest du da von Demokratie? Wir leben doch im Sozialismus. Du bist wirklich besoffen. Schlimmer als dein Vater. Und jetzt Abmarsch ins Bett!“

Das Lachen der Frauen

Auf einem Jahrmarkt bei Ostrava habe ich den Jazzigen Jirka kennengelernt. Er war schon 24. Vor einem kleinen Zirkuszelt hatte er sich zum Kampf mit dem Bären angemeldet. Jedes Stück seiner Haut war mit Meerjungfrauen und anderen ansprechenden Bildern tätowiert.

„Das ist Jazzi", sagte ein Freund. „Der Typ war schon zweimal im Knast."

Der Zirkusmann hat Jazzi zu sich auf den Traktoranhänger gerufen und ihn ausgefragt, ob er für einen Kampf mit dem Bären geeignet sei: „Treiben Sie Sport?", fragte er.

„Ja", sagte Jazzi. „Ich trinke Bier!"

Damit hat er sich für den Kampf mit dem Bären voll qualifiziert. Leider wurde der Kampf ein Desaster: Der Zirkusmann führte einen Bären in die Manege und rief nach Jazzi. Der kam aus dem Publikum angelaufen, kickte den Bären in den Schritt und rannte hinaus.

Der Bär zerlegte das Zelt, und Jazzi wurde disqualifiziert. Nach der Jahrmarktstanzparty nahm ich Jazzi mit nach Hause. Gut angetrunken schlüpften wir leise in mein Zimmer im Obergeschoss, damit uns meine Mutter nicht entdeckte. Ich legte mich in mein Bett, Jazzi schlief auf der Couch an der anderen Wand.

In der Nacht weckte mich Radau. Ich machte das Licht an. Jazzi stand an meinem Schreibtisch, mit dem er zusammengestoßen war, unten ohne. Oben trug er ein Tanktop.

„Ich muss pieseln", sagte er.

„Das Klo ist im Erdgeschoss", sagte ich. „Hast du keine Boxershorts?"

„Ich laufe immer scharf", sagte Jazzi.

„Und wenn dich unten meine Mutter erwischt?", sagte ich. „Sie ist unberechenbar!"
„Ich habe kein Problem damit, wenn deine Mutter mich nackt sieht."
Er lief die Treppe runter. Schon war ich fast wieder eingeschlafen, da ließ mich ein wahnsinniges Gelächter im Bett hochschrecken. Ich kannte es nur allzu gut: Meine Mutter hatte einen Lachanfall.
Und schon hörte ich, wie Jazzi die Holztreppe heraufgelaufen kam. Außer Atem rauschte er zu mir ins Zimmer.
„Die hat mich ausgelacht!", brüllte er und schlüpfte in seine Hose. „Das gibt's doch nicht! Die lacht mich einfach aus! Das ist mir noch nie passiert, dass mich eine Frau auslacht, wenn sie mich nackt sieht."
„Ich hab dir gesagt, meine Mutter ist unberechenbar", sagte ich. Beim Frühstück verhielt der Knastbruder Jazzi sich wie ein Lämmchen. Fast hätte er meiner Mutter die Hand geküsst.

Belgrad 1976 – das Familiendrama in Mähren

Meine Mutter hasste einen ihr völlig fremden Mann – den Fußball-Schiedsrichter. Beim Fernsehen hat sie schon alle Schiris der Welt wüst beschimpft. Jedes Fußballspiel hat unsere Familie an den Rand des Wahnsinns gebracht. Und ihrer Existenz!

Das hing mit Mutters komischer Auffassung vom Fußball zusammen: Sie wollte, dass die schwächere Mannschaft gewann. Wenn du aber immer für die Verlierer bist, ist der Schiedsrichter immer ein Arschloch.

1976 schafften es die Tschechoslowaken bis ins Endspiel der EM in Belgrad. Wir mussten nur noch die Westdeutschen schlagen, die in der sozialistischen Tschechoslowakei aufgrund des anhaltenden deutschen Wirtschaftswunders als verweichlicht galten.

„Die Luschen schlagen wir mit links, diese dekadenten Kapitalisten“, sagte mir mein Vater. Als alter Kommunist und Partisan, der gegen Hitler gekämpft hatte, mochte er von Deutschland nur die DDR. Seiner und der offiziellen Meinung nach waren alle guten Deutschen sowieso in die DDR geflüchtet.

Doch meine Mama schaltete das Fernsehgerät ein und sagte: „In Belgrad gibt's lauter Slawen. Heute drücken wir die Daumen für die Deutschen, weil sie in Belgrad in der Unterzahl sind.“ Mein Vater verdrehte die Augen, sagte aber kein Wort.

Nach der regulären Spielzeit stand es unentschieden, das beste Ergebnis für den Erhalt des Friedens in der Familie. Doch beim anschließenden Elfmeterschießen hat Uli Hoeneß vor lauter Verweichlichung und Trägheit nicht einmal das Tor getroffen.

Mein Vater kicherte und murmelte leise, damit meine Mutter ihn nicht hörte: „Strudelfresser!" Dank seines antiwestdeutschen Weltbilds hatte er die Deutschen mit den Österreichern verwechselt.

Die Tschechoslowakei gewann! Für meine Mutter war der Bösewicht schnell ausgemacht: „Du Arschloch von einem Schiri, du Gurke, du Meerrettichwurzel, du ...!", schrie sie.

„Was!? Du Verräterin!", kreischte mein Vater meine Mutter an. „Für die Deutschen bist du? Habe ich im Krieg als Partisan umsonst gegen Hitler gekämpft?"

„Du ... und Partisan, du Flasche!", schrie Mama. „Und womit hast du geschossen? Mit deiner Spritzkanone? Hä, hä, hä..."

Sie knallte ihm den vollen Aschenbecher vor die Stirn, zerlegte das Wohnzimmer und trieb meinen Vater auf eine lebensgefährliche Sauftour.

Seitdem guckten wir nur mehr Eiskunstlauf.

Wie meine Mutter meine wahre Berufung entdeckte

Seit ich lesen konnte, las ich viel und alles, auch naturwissenschaftliche Werke. Schon sehr jung wusste ich nun mal: Wenn du möglichst viele Menschen belabern willst, musst du von allem so viel wissen, dass sich keiner traut, das Gespräch an sich zu reißen. Deine Wissenslücken spielen keine Rolle. Nur musst du bei einem Gespräch geschickt Brücken über deine Lücken bauen, damit du in die Lücken nicht selbst hineinstürzt.

Einmal streust du unauffällig in eine Diskussion, wie lange ein Kamel ohne Wasser überleben kann, ein andermal sagst du gewichtig „$E=mc^2$", und schon denkt dein Gesprächspartner, du seist der Einstein schlechthin. Solche Weisheiten von mir haben meine Mutter schwer beeindruckt. Um mich weiterzubilden, hat sie mir in der 6. Klasse unserer Gesamtschule zu Weihnachten den Baukasten *Der kleine Chemiker* geschenkt.

Doch waren die Chemikalien darin für einen jungen Forscher recht unbefriedigend: Kochsalz und ähnlicher Blödsinn. Harmloses Zeug!

Heimlich lieh ich mir im Chemielabor unserer Schule ein paar krassere Stoffe mit Bildern von Flammen und Explosionen auf den Flaschenetiketten: „Natrium – reagiert explosiv mit Wasser". Ha! War das nicht die Einladung schlechthin für einen angehenden Wissenschaftler? Wo stand die Wasserkanne? Und: ZISCH und BUMM! Krass!

Ein paar Tage später ließ ich es auch in meinem Labor auf dem Dachboden unseres Hauses ordentlich krachen. Als die Feuerwehr den brennenden Dachboden gelöscht hatte, sagte meine Mutter zu meinem Vater:

„Ich hab es schon immer gewusst, unser Sohn ist ein genialer Chemiker."
„Ein Verbrecher ist er, der für den Galgen wächst!", klaute mein Vater Mutters Lieblingsspruch. „Lass mich ihm eine ordentliche Züchtigung verpassen!"
Zum Glück hörte meine Mutter nicht auf ihn. Sie schwelgte schon in Träumereien über meine naturwissenschaftliche Zukunft.
In der 9. Klasse schrieb sie mich an der Chemie-Gewerbeschule in Ostrava ein. In der Großstadt lernte ich alles Mögliche fürs Leben, nur Chemie nicht.
Das Abitur bestand ich knapp mit vier Vieren. Noch ein einziger Notenpunkt weniger, und ich hätte die Abiturklasse wiederholen müssen. Davor hatten aber die Lehrer der Chemie-Gewerbeschule eine höllische Angst.
Dies brachte mein Klassenlehrer Vaňa zum Ausdruck, indem er mich in meiner Kaderbeurteilung für meine kommenden Arbeitgeber so definierte:
„Äußerst unbeliebter, charakterloser Lump mit Neigung zum Alkoholismus."
Beim Unterschreiben dieses Kaderprofils wies ich ihn darauf hin, dass es nur die eine Neigung zum Alkoholismus gebe und diese vollkommen reiche. „Neigungen" würden vom schlechten Stil zeugen.
„Bei dir gibt es viele schlechte Neigungen, du Lump!", sagte er und schmiss mich raus.
Das Kaderprofil zu unterschreiben war Pflicht. Der Sozialismus achtete nun mal streng darauf, dass wir mit unserem Kaderprofil auch einverstanden waren. Warst du nicht einverstanden, musstest du auch unterschreiben. So einfach war das Leben im Sozialismus.
Die Abiturzeugnisse sollten im Rathaus zu Ostrava an alle Abiturienten der Stadt ausgeteilt werden. „Mama, du musst nicht mitkommen!", sagte ich zu Hause. „Da sind wirklich keine Eltern dabei."

„Ich will aber hingehen", sagte meine Mutter. „Seit zwei Jahren zeigst du mir keine Zeugnisse und Noten mehr und verbietest mir, in deine Schule zu kommen. Ich will wissen, wie du dich machst als Chemiker."
Klar haben sich die sozialistischen Datenschützer für die Zeugnisübergabe eine tolle Sache ausgedacht: Jedes Zeugnis wurde in eine farbige Mappe gesteckt. Diese Mappen wurden uns vor etwa tausend Besuchern im Rathaus ausgeteilt.
Jeder Schüler wurde der Reihe nach aufgerufen und musste seine Mappe in der Farbe, die er verdiente, von der Bühne holen. Die mit dem Notenschnitt 1 bekamen selbstverständlich eine rote Mappe, da wir den Kommunismus anstrebten. Die mit 2 eine blaue, die mit 3 eine gelbe …
Ich war der einzige Abiturient aus ganz Ostrava, der in seine Bank eine schwarze Mappe trug. Mein Notenschnitt war ja 4. Alle Blicke auf mich gerichtet, zweitausend Augen. Stolz marschierte ich mit der schwarzen Mappe unter dem Arm zu unserer Festsaalbank, wo meine Mutter auf mich wartete. Da explodierte der Saal. Alle Besucher heulten vor Lachen auf und zeigten auf mich. Eine solche Lachmassenhysterie habe ich später nie mehr erlebt.
Huch! Meine Mutter würde sich vor Scham unter die Bank verkriechen, dachte ich, als ich zu ihr zurückschritt. Eigentlich wollte ich gar nicht hin. Die Lehrer in der Schule waren mir egal. Aber meine Mutter? Nein! Meine Mutter wollte ich nicht verletzen.
Doch als ich endlich zu unserer Bank kam und meine Mutter erblickte, erlebte ich Schreckliches: Meine Mutter taumelte auch in einem monströsen Lachanfall. Vor Lachen kreischte sie „huhuhu" und rutschte dabei immer wieder von der Bank herunter. Erst nach fünf Minuten beruhigte sie sich, als ihr Blinddarm, den sie nicht mehr hatte, zu platzen drohte. Sie wischte sich die Lachtränen aus den Augen und sagte:
„Die ganze Zeit habe ich gehofft, dass ich einen Chemiker bekomme, und jetzt ist aus dir ein Komiker geworden."

Schau, was er im Westen macht

Nach meiner Flucht aus der sozialistischen Tschechoslowakei im Jahr 1982 und einem Jahr in einem Asylbewerber-Lager in Niederbayern habe ich einen super Job als Küchenhilfe im Biergarten in Aying gefunden: Zwölf Stunden am Tag und sechs Tage pro Woche putzte ich Töpfe groß wie Badewannen. 1 000 DM pro Monat bekam ich dafür. Die Hälfte davon musste ich für Kost und Logis abgeben.

„Wenn du Abitur hast, kannst du dich für einen Sprachkurs bei der Otto-Benecke-Stiftung anmelden", sagte mir Věra, als ich an meinem einzigen freien Tag, dem Donnerstag, ein paar Tschechen in München besuchte. „Dort bekommst du ein Stipendium."

Das war eine gute Alternative zum Töpfe-Putzen. Ich meldete mich bei der Stiftung an. Erst ein Jahr später, im ersten Semester an der TU München, wurde mir so richtig klar, dass der Sprachkurs eine Vorbereitung fürs Hochschulstudium gewesen war.

Nach einem krass verrückten Leben als Hilfsarbeiter im Kanal unter den Tieföfen in der Stahlhütte in Ostrava, Tankwart von Flugzeugen in Libyen, Zirkuszeltbauer, Schiffsmeister an der tschechischen Elbe-Oder-Schifffahrt, von Bullen geprügelter Hippie im tschechischen Underground, Bauarbeiter und Küchenhilfe im Westen wurde ich also mit 28 ein Student.

Wie sollte ich das aber meiner Mutter verklickern, ohne dass sie einen Herzinfarkt bekam? Ach, was: Ich schrieb ihr die Wahrheit:

„Liebe Mama, ich studiere ..."

Am nächsten Tag rief mich meine Schwester an und beschimpfte mich, dass ich unsere Mutter mit Lügengeschichten narrisch machte. Jetzt dachte sie, mir sei etwas Schreckliches passiert, wenn ich schon schreiben musste, dass ich studierte. Zwei Wochen darauf kündigte sich bei mir ein Cousin aus der Slowakei an, der Sohn von Mutters Bruder. Er habe eine Reise in den Westen genehmigt bekommen und würde mich in München besuchen.

Ich wohnte damals im katholischen Studentenwohnheim Paulinum in Schwabing. Der Wohnheimleiter war ein betagter slowakischer Pfarrer – Pater Zloch.

Nach 20 Uhr guckte der Pfarrer jeden Abend durchs Schlüsselloch in unsere Zimmer, ob wir dort nicht Studentinnen zu Besuch hatten. Deswegen mussten sich die Studentinnen als Studenten verkleiden und durften in unseren Zimmern nicht oben ohne laufen. Pater Zloch war schon sehr alt, er konnte sich nicht mehr merken, wer im Wohnheim wohnte. Langes Haar trugen wir damals sowieso alle.

Mein Cousin tauchte im Studentenwohnheim mit zwei anderen Slowaken und einer großen Flasche Sliwowitz auf. Pater Zloch strahlte: Wenn vier Slowaken im Ausland zusammenkommen, ist es, wie wenn Welten zusammenstoßen. In einer Stunde war die Flasche Sliwowitz leer, und Pater Zloch brüllte anzügliche Lieder.

Mein Cousin schleppte mich aus Pater Zlochs Büro in den Gang. „Jaromir!“, sagte er mit getragener Stimme: „Jetzt kann ich dir verraten, warum ich hier bin. Deine Mutter hat mich nach München geschickt, um herauszubekommen, ob du im Gefängnis sitzt. Da du ihr solche Briefe schreibst. Von wegen Studium und so.“

„Ich studiere wirklich!“, rief ich.

Er lachte. „Ich weiß, dass du nicht studierst“, setzte er fort. „Weil du dir aber ein so ausgetüfteltes Komplott ausgedacht hast, mit einem Studentenwohnheim und sogar mit einem slowakischen Pfarrer als Heimleiter, sage ich deiner Mutter, dass du studierst. So was Ausgefuchstes muss belohnt werden.“

Männer und Technik

Nach meiner Emigration 1982 nach Westdeutschland bekam ich in der sozialistischen Tschechoslowakei 19 Monate wegen „Republikflucht“ verpasst und konnte meine Mutter acht Jahre lang nicht sehen.
Erst ab 1990 durfte ich sie dank der Samtenen Revolution in Prag besuchen. Im Sommer 1990 kam meine Mutter nach München.
Ich wollte sie nach Garching mitnehmen und ihr mein Büro am Lehrstuhl für Theoretische Chemie der TU zeigen, wo ich gerade promovierte.
Sie winkte aber ab: „Schon als dein Cousin aus der Slowakei dich besucht hatte, hast du ein Studentenwohnheim hingetrickst, mit einem versoffenen slowakischen Pfarrer als Heimleiter, um uns auf die Nase zu binden, dass du studierst. Bitte keine Tricks mehr, Jarek, okay?“
In der U-Bahn-Station am Marienplatz zeigte meine Mutter auf die Rolltreppe: „Du schwärmst ständig davon, wie im Westen alles gut läuft, aber auch hier funktioniert die Rolltreppe nicht.“
„Die Rolltreppe funktioniert, Mama!“, rief ich. „Sie steht nur, um Energie zu sparen, verstehst du? Wenn jemand aber auf die Plattform vor der Treppe steigt, fängt sie an zu rollen.“
„Ah, geh!“, sagte meine Mutter. „So was gibt’s nicht!“
„Doch!“, rief ich, sprang auf die Plattform ... Und nichts! Die blöde Treppe war tatsächlich kaputt.
Seitdem hat meine Mutter nur gelacht, wenn ich ihr Technik erklären wollte.

Bist du wirklich Doktor?

Meine Mutter hat oft gesagt: „Jarek! Du bringst nie etwas zu Ende. Du kannst von allem ein bissl, zusammen aber nix!"
Ab 1990 durfte ich wieder in die Tschechoslowakei fahren und meine Mutter besuchen. Der Eiserne Vorhang war gefallen, das Land schon in Siebenmeilenstiefeln auf dem Marsch in den Turbo-Raubkapitalismus – staatliche Firmen und Milliarden wurden auf unbekannte Plätze „getunnelt" und tauchten nie mehr wieder auf.
Voller Stolz konnte ich meiner Mutter Anfang der 90er Jahre meine Summa-Cum-Laude-Doktorurkunde von der TU München zeigen. Sie lachte und winkte mit der Hand ab: „Ach, Jarek! Schon in der Schule hast du mit hartgekochten Eiern Arztstempel kopiert. Das ist sicher so ein Kartoffelstempel-Zeugnis."
Bis meine Mutter Mitte der 90er Jahre starb, lachte sie nur und zwinkerte mir zu, wenn ich meinen Doktortitel erwähnte. So gründlich hat mir meine Mutter den Doktortitel vermiest, dass ich meinen Job als forschender Dozent an der TU München hinschmiss und ein Underground-Poet wurde.
Klar musste ich als Underground-Poet und Poetry Slammer meinen Doktortitel verheimlichen. Ein Doktortitel würde meine Karriere im literarischen Underground gefährden.
Hin und wieder bekam ein Moderator bei einem Poetry Slam heraus, dass ich einen Doktortitel hatte und verkündete es auf der Bühne. Dann erklärte ich dem Publikum, das mit dem Doktor habe sich meine Frau ausgedacht, weil das gut in eine krasse Schriftsteller-Biografie passte.
War das nicht irre? Wegen meiner Mutter habe ich mich für meinen Doktortitel geschämt.

Vor Kurzem habe ich wieder mal von meiner Mutter geträumt: „Jarek!", sagte sie. „Bist du wirklich Doktor?"
„Ja!", sagte ich im Traum voller Freude. Sicher würde meine Mutter mich jetzt loben, dass ich endlich etwas zu Ende gebracht hätte, dass ich Doktor geworden sei. Auch wenn nur im Traum, weil sie schon lange tot war.
„Warum hast du nix Gescheites gelernt?", fragte meine Mutter. Ich schaltete den Traum aus und schlummerte gemütlich und traumlos weiter. Wenn mein Doktortitel „nix Gescheites" sei, musste ich mich für ihn nicht mehr schämen.

Guckgedanken in der Sauna

Im Volksbad in der Saunakabine guckte ständig eine Frau zu mir.
Sie hockte so wie ich nackt auf der Schwitzbank unter mir, zeigte ihr Profil, doch alle paar Sekunden drehte sie den Kopf schnell um und warf einen kurzen Blick auf mich.
Meine Eitelkeit fühlte sich mächtig geschmeichelt, bis mir einfiel, dass sie nur guckte, ob ich nicht guckte. Mein Alter prädestiniert mich wohl zum Gucken in der Sauna.
Doch ich gehe schon seit 40 Jahren in die Sauna, als Künstler oft am Vormittag mit Rentnern und Rentnerinnen, die mich mit ihren Wampen und anderen Fleischwülsten beeindrucken wollen.
Mir ist es echt wurscht, wie jemand nackt ausschaut. Mich berauschen Geheimnisse! Mich bringt keine nackte Frau mehr aus der Ruhe, nicht einmal Angela Merkel würde ich anstarren, wenn sie nackt auf der Schwitzbank neben mir hocken würde.
Schon wollte ich es der Frau sagen, da stand sie auf. Vermutlich hat ihr ständiges Gucken auch sie selbst nervös gemacht.
„Ich hab nur nach der Sanduhr über dir geschaut“, sagte sie und lief aus der Kabine.
Und da fiel mir ein Spruch meiner Mutter ein:
„Nichts muss dir peinlich sein, Jarek“, sagte sie, als ich mich in der Pubertät zierte, eine recht peinliche Badehose anzuziehen, die sie mir gekauft hatte.
„Die Leute sind so damit beschäftigt, wie sie auf die anderen wirken, dass sie keine Zeit haben, sich darüber Gedanken zu machen, wie die anderen auf sie wirken.“

Anleitung gegen Liebeskummer oder Eine Mutter fürs Leben

Ich war unglücklich verliebt! Mensch! War ich unglücklich verliebt! Leider konnte ich keine tschechischen taoistischen Entliebungstechniken mehr anwenden und mich besaufen wie früher, weil ich keinen Alkohol mehr trank.
Was jetzt? Ich hasste dieses erdrückende Gefühl, etwas Wesentliches verloren zu haben. Das Kopfkino mit diesem blöden „Warum“! Warum konnte ich nicht loslassen?
Ach! Wie schön und schnell hattest du dich mit 17 entliebt. Du hast dich an der Deckenlampe zu erhängen versucht, die mit dir riss. Du hast versucht, dir die Pulsadern aufzuschlitzen ...
Und dann hatte sich die Sache. Nach zwei Tagen hast du schon nach einer anderen geschaut, die dich ins Unglück stürzen würde. Aber jetzt! Bei dieser prallen Ladung an Vernunft in deinem Kopf. Wie ging man in diesem Alter mit Liebeskummer um?
In einem Traum erschien meine schon vor Langem verstorbene Mutter. Direkt wie sie war, sagte sie: „Wieder leidest du! Weißt du aber, warum du leidest?“
„Nein, Mama!“
„Weil du ein Vollidiot bist! Du hast vergessen, was ich dir fürs Leben einzubläuen versuchte: ‚Jede noch so traurige Sache hat ihre lustige Seite. Du musst sie nur finden!‘“
So nahm ich mir vor, jeden Tag in die Stadt zu laufen und eine Geschichte zu erleben. Dann wollte ich die Geschichte so lange drehen und an ihr herumklopfen, bis ich ihre lustige

Seite fand. Anschließende würde ich diese Geschichte auf meiner Facebook-Autorenseite posten. Wenn jemand diese Geschichte mit nur einem einzigen lachenden Smiley bewertete, hatte ich ihre lustige Seite gefunden, und damit basta.
Nach zwei Wochen war ich entliebt.
Habe ich's richtig gemacht, Mama?

INHALT

8 Große Träume
12 Meine Oma will nicht mehr mit mir spielen
14 Wie man zu einem Witz wird
16 Forschungsreisende von der Hundebude
18 Die beste Sodovka der Welt
22 Das magische Auge
25 Pflückglück und Blumenblau
28 Idioten im Schwimmbad
30 Sex im Sozialismus
32 Mutters Ramsch
34 Vaters Gurken
36 Es muss nicht immer Kaviar sein
39 Allzu viel ist ungesund
41 Ich hätte den Dichter heiraten sollen
44 Der Bock
47 Die Friedenstaube
51 Schola ludus
53 Wer seine Glorie kennt
56 Wenn eine Geschichte erzählt worden ist
59 Mein Karma
62 Warum ich Schriftsteller wurde
64 Tischsitten des Proletariats
67 Mutterherz
69 Mutter, Mord und Dostojewski
71 Rote Ernte
73 Reich oder romantisch

76 Der Liebe Zeit
78 Liebe zu Liba
79 Gleiche Witze
81 Das Scheitern vor dem Ziel
84 Die Blicke der Ladenmädchen
87 Die Ichliebedichzusagenphobie
89 Das Geschlechtsleben der Revolutionäre
91 Drei Orangen für dich
94 Der Held im Manne
96 Überraschung
97 Wenn Frauen sich messen
100 Das Raucher-Dilemma
101 Solange die Sprache lebt, ist der Mensch nicht tot
104 Harte Männer
105 Der Walzerkönig oder Die Geschichte eines Fotos
109 Der Datenschutz im Sozialismus
111 Das Lachen der Frauen
113 Belgrad 1977 – das Familiendrama in Mähren
115 Wie meine Mutter meine wahre Berufung entdeckte
118 Schau, was er im Westen macht
120 Männer und Technik
121 Bist du wirklich Doktor?
123 Guckgedanken in der Sauna
124 Anleitung gegen Liebeskummer oder Eine Mutter fürs Leben